NINGUÉM ME ENSINOU A MORRER

Copyright © 2018 Mike Sullivan
Ninguém me ensinou a morrer © Editora Reformatório

Editores
Marcelo Nocelli | Rennan Martens

Revisão
Marcelo Nocelli | Natália Souza

Imagem de capa
Kat Smith | instagram.com/boohaifarm
Creative Commons Zero (CC0) License

Imagem interna
Fotografia: Alê Motta

Design e editoração eletrônica
Negrito Produção Editorial

Dados Internacionais de Catalogação na Publicação (CIP)
Bibliotecária Juliana Farias Motta (CRB 7-5880)

Sullivan, Mike, 1979-
Ninguém me ensinou a morrer / Mike Sullivan . – São Paulo: Reformatório, 2018.
264 p.; 14 x 21 cm.

ISBN 978-85-66887-38-9

1. Romance brasileiro. I. Título.

S949n   CDD B869.3

Índices para catálogo sistemático:
1. Romance brasileiro
2. Morte – Literatura brasileira
3. Vida – Literatura brasileira

Todos os direitos desta edição reservados à:

EDITORA REFORMATÓRIO
www.reformatorio.com.br

NINGUÉM ME ENSINOU A
MORRER

Mike Sullivan

1ª REIMPRESSÃO

REFORMATÓRIO

Alguns poderiam dizer que era sorte viver tanto assim, dado os abusos. Outros apelariam para algum desígnio divino. A verdade é que, apesar dos vícios, consegui me incluir na categoria das exceções. O cigarro, o álcool e as drogas, nada disso encurtou minha trajetória. Nem mesmo a depressão, a tristeza em excesso, o coração que amou demais e indevidamente.

Expus meu corpo e minha mente aos limites da resistência humana. Festas diárias. Noites mal dormidas. Sexo sem preservativo com uma infinidade de parceiros. Alucinógenos que variaram em tipo e quantidade. Ácido, ópio, efedrina e cocaína. Não havia o medo de morrer. E por maldição, talvez, não morri.

Aos cinquenta anos eu pareço ter mais de setenta. A vida desregrada catapultou meu corpo para os infernos da velhice muito mais rápido que o natural, trazendo com ela os demônios do tédio, da solidão e do abandono.

Até quando eu enfrentaria as agruras do mundo usando as fugas temporárias? Não sei. Honestamente, não sei.

Por volta das sete da manhã, levantei-me vagarosamente da cama, firmei os pés cansados no assoalho lustroso de madeira e, com um copo de água que ficava sobre o criado-mudo, engoli um comprimido de alprazolam e uma neosaldina. A cabeça sempre dolorida pela manhã. Ressaca moral aliada à melancolia diária. Com cinquenta e poucos anos, os remédios ajudavam a me manter vivo. As dores nas articulações, os cabelos mais ralos, o hábito de mijar sentado e a pele seca e macerada do rosto davam-me a aparência de um homem debilitado.

Acordar no dia do meu aniversário é muito difícil, não só pela irreversível passagem do tempo, mas também pela lembrança da data do suicídio da minha mãe. Passaria horas dormindo se pudesse. Evitaria, assim, as elucubrações recorrentes em torno do suicídio: haveria um motivo ou seria apenas uma fatídica coincidência?

Liguei a cafeteira e acendi um cigarro. Tencionava realizar algumas coisas ao longo do dia: primeiro, redigir uma nota à imprensa justificando minha desistência das fotografias cemiteriais e anunciando, enfim, que o bizarro e assustador cemitério Vale do Medo, nas Filipinas, seria meu último trabalho fotográfico. Depois, ir à Santa Casa de Misericórdia visitar o homem que, segundo dizem, eu ajudei a salvar. Por último, contratar um garoto de programa.

Na varanda do apartamento, no décimo andar, sentei-me na poltrona onde gostava de ser banhado pelos raios fracos do sol da manhã. Seria preciso fugir de mim mesmo durante as arrastadas horas que se seguiriam. Mamãe visitaria insistentemente meus pensamentos. A saudade continuava imensa, irremediável.

Mamãe cometeu suicídio misturando cachaça com alprazolam. Nunca encarou com naturalidade o fato de ser casada com um coveiro. E depois que papai morreu, a vergonha metamorfoseou-se em depressão. O que me pergunto é se eu, de alguma maneira, contribuí para que ela optasse pela morte – eu, o filho mais delicado. A aberração. O menino que elogiava seus vestidos num tom de indisfarçável inveja e admiração. Teria sido eu quem acrescentou ainda mais perturbação aos seus dias tristes, eu quem a fazia se isolar dentro do quarto? Como eu a amava, mãe!

Aos vinte e quatro anos eu não estava preparado para enfrentar tão grande perda. No dia dezesseis de novembro, comemorando sozinho o meu aniversário numa mesa de bar, nem podia imaginar que, naquele exato momento, minha mãe se matava. Quatro anos antes, mudei para a capital para cursar Filosofia. Morava num exíguo apartamento caindo aos pedaços. Minha mãe e o meu irmão mais velho mandavam mensalmente o dinheiro do aluguel. A síndica do prédio transmitiu-me a notícia da morte quando cheguei embriagado por volta das duas da madrugada. Dormi sob o efeito do álcool naquela noite atroz, o rosto banhado por pesadas lágrimas. Só consegui acordar por volta das dez da manhã. Chegaria lá no fim da tarde, lamentando-me profundamente por não ter acordado mais cedo.

Na rodoviária, não fui recebido por ninguém. Atrasado, acenei para um táxi parado a poucos metros da avenida principal. O enterro já deveria ter começado, pensei aflito ao olhar o relógio de pulso.

Enterro, sepultamento, cova, palavras que soam estranhas e sem sentido quando o que está para desaparecer é o corpo de alguém a quem se ama tanto. A mulher que sempre soube aquilo que eu era. *Aquilo.*

O táxi parou em frente ao único cemitério da cidade, onde um pequeno grupo de pessoas estava reunido. Minhas pernas tremeram quando saltei do carro e fui recebido por olhares embebidos de falsa piedade. Daquelas pessoas, não guardava nenhuma boa lembrança. Só voltava agora à cidade porque mamãe merecia, ao menos, uma última despedida.

Profundamente abatido, com olhos vermelhos, lábios secos e rachados, o estômago se contorcendo, pedi licença, abrindo caminho com os braços, esgueirando-me para o interior da capela abafada. Apesar do cheiro forte de suor e de vela queimada, o caixão sendo lacrado foi o que mais me impressionou. Homens da funerária davam as últimas voltas nos parafusos que prendiam a tampa. Pensei em gritar. Pedir que esperassem mais um pouco. Eu tinha o direito de ver o rosto da minha mãe pela última vez. Mas nada disse. Apenas estiquei uma das mãos na iminência de tocar as ranhuras da madeira. Meu irmão, Breno, surgiu ao meu lado.

"Está atrasado, Miguel. Onde foi que se meteu?"

"O ônibus quebrou no meio do caminho."

"Já vão iniciar o cortejo."

"Quero vê-la uma última vez, Breno."

"Não dá mais tempo."

Breno, dez anos mais velho que eu, dava claros sinais de irritação. Visivelmente exausto, só queria dar por encerrados todos os rituais e ir embora.

"A missa já foi realizada?", perguntei.

"Que missa? Tá maluco?"

Sem considerar o fato de que eu não sabia nada sobre a causa da morte, Breno vomitou com ferocidade a estupidez de nossa mãe:

"Padre nenhum aceitaria rezar missa para uma suicida."

"Suicida?"

"A velha se entupiu de cachaça e calmantes."

"Quero vê-la, Breno, peça que abram o caixão."

"Não insista. Vamos acabar logo com isso."

"Por favor."

"Não. Além do mais, cada minuto a mais nesse inferno aumenta os gastos!"

Quando minhas mãos finas tocaram os entalhes na madeira do caixão, eu só pensava nas coisas que, porventura, deixei de dizer à mamãe. Ignorando os olhares alheios, desfiz-me em lágrimas, derramando um choro sofrido, acompanhado de gemidos que representavam todas as mortes anteriores – a morte do corpo, do desejo, a vontade de ser normal, a negação dos sentimentos mais arraigados em mim desde a infância, a aniquilação do amor.

Os agentes funerários lançaram olhares interrogativos a Breno, como se pedissem permissão para descobrir o rosto da morta. Breno moveu a cabeça de um lado a outro, mordendo os lábios, fingindo não se constranger com meus trejeitos. Ele agarrou em meus ombros e me afastou bruscamente do caixão que começava a ser removido da capela por dois funcionários do cemitério e mais quatro amigos da família.

A capela aos poucos foi se esvaziando de voz, de gente, de choramingos. O caixão foi seguindo em direção ao bura-

Mike Sullivan

co fresco cavado pela manhã. Resignado, acompanhei a distância. Longe da multidão que se aglomerou à volta da cova, observei calado. Não havia padre nem pastor para abençoar enquanto o caixão descia, lento, sustentado por cordas, para o abismo a que todos nós estamos destinados. Flores foram atiradas. Murmúrios foram ouvidos. Sentei-me sob uma árvore de sombra avantajada, e chorei, sem repressões.

Na calçada em frente ao portão principal do cemitério, ao lado da loja de flores, meu irmão me aguardava com visível impaciência, encostado no carro, de braços cruzados, cabeça baixa, esfregando o chão com os pés. Não estava preparado para o que ele iria me pedir: voltar à casa de mamãe. Dar conta de seus pertences. Escolher as roupas que seriam doadas, o destino dos móveis, da casa, a repartição do dinheiro. Eu não queria saber de nada disso. Só pretendia voltar aos estudos, fotografar os cemitérios mineiros, sofrer sozinho a dor que era só minha. Mas Breno tinha planos mais cruéis quanto ao meu futuro. A morte de mamãe o autorizou a levar adiante seus intentos.

"Não vou entrar aí!", murmurei assim que o carro parou em frente à casa onde cresci. Durante o curto trajeto ainda pedi a Breno para me levar direto à rodoviária. De nada adiantou. Ele só pensava em me maltratar, estabelecer as novas regras do jogo. "Não vou entrar aí", repeti depois de saltar do carro. Ele me encarou com desprezo. O mesmo olhar que me dirigia quando o objetivo era me repreender por algum gesto, palavra ou frase mal colocada. As piadas dos meninos no colégio, os apelidos da vizinhança eram, até certo ponto, suportáveis, mas a incompreensão de Breno será algo que morrerei sem perdoar. Sempre esperei que me defendesse, me apoiasse, me ouvisse. Era da ordem natural das coisas que meu irmão fosse aquele a quem eu recorreria todas as vezes em que um dos garotos mais velhos me trancava no banheiro da escola, abaixava minhas calças e me enfiava o dedo. Breno nunca me apresentou aos seus amigos. Lidou comigo por obrigação. Por imposição de mamãe, tolerou minha companhia.

"Está com medo?", disse Breno ao abrir devagar a porta.

"Quero voltar ainda hoje. Se demorar muito vou perder o último ônibus."

"Temos tempo. Precisamos conversar. Quer café?"

"Não se preocupe comigo."

"Vou passar um café. Sei que você gosta."

Enquanto ele desapareceu na cozinha, eu subi devagar os degraus que conduziam à varanda e sentei-me no banco de madeira, de frente para a rua. Era inevitável não pensar em mamãe. Ali, no lugar onde ela passou a maior parte da vida, estavam impregnadas em cada espaço as memórias da mulher que foi: a tristeza amarrada durante anos em seus ombros, os olhos febris, o perfume medicamentoso, os cigarros infinitos. Ainda pairava no ar a melancolia que a matou.

Minutos depois Breno retornou à varanda trazendo uma xícara de café para mim, e um copo de uísque sem gelo para ele. Em silêncio, acendemos cigarros cuja fumaça me remeteu ao cheiro das velas queimadas na capela momentos antes. No deleite da noite que se aprofundava, matando o resto do dia, preenchemos o tempo com as bebidas sem gosto. O café que esfriava, o uísque acrescentando liberdade à língua frouxa e aos lábios de Breno.

"Ela se suicidou mesmo?", perguntei depois de engolir o resto de café. Preferia acompanhar Breno no uísque, mas guardei o desejo de sentir-me bêbado no dia do enterro da minha mãe.

"O que acha? Cedo ou tarde, esse era o destino da velha."

"Ela parecia bem da última vez em que a visitei."

"Pra você ela sempre fingiu estar bem, Miguel. Não era você o filho queridinho que ela queria proteger a todo custo?"

"E por que, então, ela decidiu se matar no dia do meu aniversário?"

"Quer prova de amor maior que essa? Agora vocês estão mais unidos do que nunca." Breno sorveu entre dentes cerrados uma generosa quantidade de uísque.

"Como foi?"

"Misturou os antidepressivos com cachaça. Uma bomba. Bum! O coração explodiu."

"Fala como se não se importasse."

"Não fui eu quem a abandonou. Enquanto você estava longe, tive de me virar sozinho com essa merda toda aqui. Mamãe sempre doente, me ligando de madrugada, quebrando as coisas pela casa, vagando sem destino. Uma vez ela sumiu por dois dias."

"Sabe muito bem porque fui embora. Eu precisava ir."

"Parabéns." Breno estampou no rosto um sorriso irônico. "Grande porcaria estudar filosofia e fotografar o túmulo dos outros."

"Arte de cemitério, Breno."

"Daqui a pouco vai se tornar a merda de um coveiro também."

Recostei-me na parede enquanto acendia outro cigarro.

"Seja lá como for, deveria fazer outra coisa", resmungou Breno ao perceber que eu não me renderia às suas provocações.

"Ser sargento do Exército, por exemplo?"

"Nem que você quisesse. Não é forte o bastante para ser militar. É com o dinheiro que vem de lá que posso sustentar minha família. E ajudar a pagar o seu aluguel, esqueceu?"

"Não vi a Rose no funeral. Ouvi dizer que está grávida."

"Eu pedi que ela não fosse. Não faria bem ao bebê. É um menino."

"Parabéns."

"Obrigado."

"Mamãe ia gostar de ter um netinho."

"Ia nada. Ela não pensou em ninguém quando decidiu se matar."

Breno levantou-se para buscar uma nova dose de uísque. Não demorou a voltar com o copo cheio. Atentei-me para os olhos de peixe-morto do meu irmão, a boca semiaberta, os dedos trêmulos e inseguros. Certamente estava mergulhado em uísque desde a notícia da morte de mamãe.

"Por que me trouxe aqui, Breno? Não tenho interesse pela casa. Pode vendê-la quando bem quiser."

"Não é nada disso", respondeu cabisbaixo, bebericando devagar. O estômago parecia já não aceitar tão bem o uísque.

"O que é então?"

"Não acha que está na hora de procurar algum tipo de tratamento?"

"Tratamento? Não estou doente."

"Você sabe do que estou falando."

Com o rosto em chamas, encarei meu irmão e sustentei o olhar.

"Talvez um psiquiatra ou um psicólogo", continuou Breno.

"Você está bêbado. Não faz ideia do que está falando."

"Bêbado?" Soltou uma risada curta e nervosa. "Não, eu não estou bêbado. Ainda não."

Tentei levantar, mas Breno não permitiu, com um empurrão brusco.

"Senta aí, moleque!"

"Mal enterramos nossa mãe e você já quer arrumar confusão."

"Mamãe... Ah, mamãe. A santa. Aquela que fingia te aceitar tão bem. Quer saber? Acho que dona Lena devia pensar as mesmas coisas que eu em relação a você."

Do outro lado da rua a lâmpada de uma casa se acendeu. Já era noite. Numa espécie de fuga, perdia-me naquele ponto de luz, imaginando a normalidade de tantos lares. A família reunida em volta da mesa. O jantar sendo servido. A comida quente, perfumada. Bem que poderíamos estar juntos agora, chorando a morte da mãe, compartilhando da dor que o luto impõe. Mas Breno só pensava em extrair da situação o pior que ela tinha a oferecer, um acerto de contas medíocre, lembranças amargas de um passado que nunca se resolveu. E Breno prosseguiu em seu discurso impiedoso:

"Desde quando você nasceu eu o acompanhei de perto. Suas manhas, sua cara de pobre coitado. No começo, achei que seu jeito delicado era só coisa de criança. Mas não. Você foi crescendo e as coisas piorando. Mamãe devia ter a mesma esperança. Porém, basta te olhar com um pouquinho mais de atenção pra gente perceber que a doença só piorou. Olha essas pernas cruzadas, o nariz empinado quando fuma, os dedos frouxos ao erguer a xícara de café, a voz fina e fraca."

"Chega, por favor."

"Papai também deixou correr solto. Permitiu que mamãe escondesse você debaixo da saia dela. Se ele tivesse te dado umas boas porradas eu seria poupado da vergonha de ter uma bicha na família."

"Chega!"

"Pense bem!" Breno falava num esforço enquanto enchia o copo com mais três dedos de uísque. "Alguém tem que te ajudar."

"Não sabe o que diz, você é que é um pobre infeliz. Acredita que é normal só porque casou-se com uma mulher que lava as suas cuecas."

"Tome cuidado ao falar da minha família, rapaz."

"Eu só espero que esse menino que está pra nascer seja mais compreensivo que você. Tomara que consiga fazer de ti um ser humano melhor."

"Se você não se submeter à droga de um tratamento, não quero mais vê-lo aqui! "

"Tá me expulsando, Breno? Tá me expulsando da sua vida? É isso? Fala!"

"Você não será boa influência."

"Como é que é?"

"É isso mesmo. É preferível ter você longe. Só quero proteger meu filho dessa pouca vergonha que você não faz questão de esconder."

"Não me julgue, irmão."

"Deus irá julgá-lo."

"Vá embora, Breno. Por favor. Me deixa sozinho."

"Eu vou. Mas enquanto não quiser se curar fique longe da minha família e desta cidade."

Breno arrastou-se bêbado para fora. Bateu com força a porta atrás de si. No interior da casa, reinava o silêncio e o vazio. Naquela época nem sabia definir quem eu era de verdade. Boca virgem. O corpo intocado. O desejo reprimido até as últimas consequências. Punhetas rápidas às escondidas. Lágrimas que sobrevinham imediatamente após cada gota de porra que se ia pelo ralo. Daquela noite lúgubre, trago comigo o pânico das arrastadas horas na companhia de fantasmas – mamãe, papai e a criança das lágrimas de sangue. Uma casa enlutada transforma-se numa extensão da sepultura.

Meu pai enterrou muita gente. Tornou-se coveiro num momento de desespero. Desempregado, com um filho pequeno nos braços, apresentou-se no cemitério São João Batista após ter lido o anúncio no jornal. E assim, papai transformou nossa casa numa espécie de segunda necrópole da cidade. Um lugar em luto permanente. Exigia de cada um de nós o mesmo silêncio aplicado durante os sepultamentos. Ele gostava de contar que em seu primeiro dia de trabalho, antes de qualquer coisa, recebeu as seguintes instruções: Não sorria ao sepultar, de preferência permaneça quieto, mantenha a cabeça baixa. Não chore. Com o tempo, essa atividade parecerá tão natural quanto qualquer outra. Pessoas morrem todos os dias. Papai dedicou-se por longos anos a cavar buracos, ofício bem diferente do anterior, onde era responsável pela contabilidade de uma multinacional. Acostumou-se à labuta no cemitério, mas jamais deixou de sofrer por cada corpo que lançou à cova.

No canto da sala, pendurado na parede, havia um grande espelho. Aproximei-me e fiquei observando a imagem difusa refletida naquilo que sempre acreditei ser um portal para outro mundo. O espelho, posto numa altura acima da mesa de jantar, era uma testemunha ocular, um observador permanente de tudo que aconteceu ali durante anos. O silêncio temperando os alimentos. O medo de ser descoberto. O olhar submisso de mamãe. A encarnação de um ser incapacitado para a felicidade. Papai transpirando desamores e ausências.

Ao chegar mais perto do espelho, esfreguei os olhos à procura das lágrimas, mas o que enxerguei foi a face férrea de uma personalidade presa à adolescência mal vivida e aos traumas infantis. Quantas vezes pedi a Deus uma cura, uma libertação? Quantas vezes desejei a morte? Mas Deus só cagou na minha cabeça. A homossexualidade é o amor em sua expressão mais inatingível.

Eu queria respostas, algo que me confortasse. Por isso implorei a Breno para destampar o caixão. Tinha esperança de que a tez lívida da mamãe pudesse revelar minha

Mike Sullivan

ínfima parcela de culpa na decisão do suicídio. Desgrudando os pés do tapete empoeirado, avancei pelo corredor e ultrapassei a porta da cozinha, o lugar onde tudo aconteceu. No chão ainda estavam os cacos de vidro do copo e as manchas da bebida espalhadas em formato de figuras indecifráveis. Não queria chorar de novo, mas as lágrimas desceram ardidas, borrando a visão, deixando sobressair na língua o gosto amargo de um dia interminável. Minutos depois, recuperado momentaneamente do choro, voltei à sala e enchi o copo de uísque. Olhava no relógio de pulso a todo instante. Sabia que precisava ir embora o quanto antes caso ainda quisesse seguir no último ônibus.

Meia hora se passou e eu tive de me contentar em passar a noite naquela casa, a não ser que quisesse dormir no banco duro da rodoviária. Apenas no dia seguinte haveria outro ônibus que me levasse de volta à segurança do meu quarto bagunçado. A essa altura já estava bêbado. O uísque me devorou a sanidade facilmente. Na escuridão, contemplei à minha frente, com espanto, a escada de madeira que dava acesso ao andar superior. Lá em cima estava o quarto de mamãe, sua sepultura provisória, um prelúdio do que seria sua mais obscura e definitiva cama. Lembro-me de que nos dias que se seguiram à morte de papai, ela se trancou no quarto, absorvendo a tragédia que aquela doença maldita havia deixado. Eu passei a me sentir mais sozinho que nunca. Nas vezes em que ela conseguia sair do quarto, descia com dificuldade, fraca, agarrada ao corrimão. Eu nada podia fazer a não ser acompanhar de perto suas crises de choro e sua vontade de morrer.

Foi mais ou menos nessa época, aos treze anos, que eu, gozando do silêncio dos mortos, encontrei no cemitério São João Batista uma alternativa para enfrentar a homossexualidade, a morte de meu pai e o luto prolongado de mamãe. Entre túmulos, árvores gigantes e anjos imóveis descobri a paz para meus dias ruins. Enxergando beleza nas figuras angelicais sobre muitos túmulos, comecei a fotografar as imagens que compunham a paisagem outonal do cemitério – uma forma de reviver os dias que passei ao lado de meu pai durante muitos funerais e de tentar compreender essa figura de quem guardo somente as ausências. Papai não se incomodava com a minha insistência em querer acompanhá-lo. Desde que o observasse calado. E assim, me acostumei a ir quase diariamente ao cemitério após as aulas.

Papai sorria somente quando estava bêbado. Sóbrio, era só silêncio. Um silêncio que me assombrava. Nos bares eu tinha acesso a um homem mais autêntico, livre, que estendia a mão para alisar o meu cabelo, que me dirigia um olhar afetuoso, que me beijava a testa. Não era só o fascínio de vê-lo exercendo a profissão de coveiro que me levava a querer estar junto dele, mas, sim, a chance de reconhecer meu pai de verdade dentro do bar, ao término do expediente. Sim, papai era daqueles que nunca voltava para casa sem antes afundar-se em pelo menos meia garrafa de pinga. Mas parecia que só eu idolatrava esse homem bêbado e que ganhava a vida enterrando os mortos.

Enchi novamente o copo de uísque. Engoli metade da bebida desafiando meus limites de resistência. A coragem necessária para subir até o quarto de mamãe. É lá que iria dor-

Mike Sullivan

mir. Antes, entrei no banheiro. Depois de mijar, lavei o rosto e me perdi no tempo encarando o espelho acima da pia. Esvaziei o copo. Fechei os olhos. A embriaguez se aproximando e me deixando tonto. A garganta ardendo. O sabor do álcool queimando, a língua sedenta de expor ao mundo a verdade por trás de minha identidade aparente. Estava cansado de viver na superfície dos sentimentos. Era preciso mergulhar em camadas mais profundas.

Um raio seguido de um estrondoso trovão me fez afastar do espelho. Lembrei-me imediatamente de minha mãe. Segundo ela, quando uma tempestade se aproxima, o melhor a fazer é manter-se longe dos espelhos, porque atraem raios. E como se ela ainda estivesse por perto, saí do banheiro, dando as costas para o rosto de traços irreconhecíveis, tamanha a quantidade de cicatrizes. Enchi novamente o copo com uísque e sentei-me no sofá. A cabeça baixa perfurando o chão buscava enxergar uma forma de vida mais digna, sem preconceitos, sem arrependimentos. Sem culpa.

A sala iluminava-se apenas pela luz da cozinha e pelos clarões dos raios. Com o uísque, pensava estar vencendo o medo de enfrentar sozinho a casa. Sabia que alguém me observava. A criança iria aparecer a qualquer instante. Bebi mais um gole generoso. Queria ficar bêbado e evitar o confronto.

Desde muito tempo que vejo, com certa frequência, o fantasma de uma criança esquálida e decrépita que chora lágrimas de sangue. Nunca soube definir com precisão a primeira vez em que me deparei com esse ser silente, mas sempre me causaram espanto os olhos da criança, vidrados em mim, a verter sangue, os pés descalços, as roupas puí-

Ninguém me ensinou a morrer

das, a palidez mórbida, os braços esticados e unidos ao corpo, os cabelos desgrenhados e sujos de terra – a aparência de um fugitivo da sepultura. Temendo ser taxado de louco, guardei em segredo a companhia dessa figura. No entanto, a ineficiência em postular um princípio que dê cabo de explicar tal alucinação me apavora ainda mais.

Despertei ao ouvir pancadas na porta da sala e alguém gritando meu nome. Ao abrir os olhos, a visão estava turva, as pálpebras pesadas. Pensei na possibilidade de ignorar, sem me importar com quem quer que estivesse lá fora. Não me sentia disposto a receber ninguém. Mas reconheci a voz. Não estivesse bêbado, fatalmente não teria a coragem para caminhar, meio tonto, até a porta e girar a fechadura.

29

Meu primeiro amor platônico foi um motorista de ônibus. Na época eu tinha quinze anos, frequentava semanalmente a missa e implorava a Deus para ser curado. Nasci numa família religiosa e, tão logo percebi que era diferente dos outros garotos, passei a clamar, em segredo, por um milagre. O pior sofrimento é aquele que não se pode compartilhar com ninguém. Eu rezava ajoelhado todas as noites, de olhos fechados, com a Bíblia cravada entre os dedos, acreditando que poderia alcançar o coração de Deus. Meu desejo era ser o que eu entendia como uma pessoa normal, igual às outras. Muitos anos se passaram e nada aconteceu. E como um soldado que retorna da guerra, trago no corpo e na alma diversas feridas. Muitas delas ainda abertas. Outras se tornaram cicatrizes irreparáveis: a tentativa de suicídio, as drogas, o hedonismo, a morte do amor.

Ao abrir a porta, me vi diante de Pedro, meu grande amor na adolescência. Um amor nunca correspondido. Uma paixão platônica.

"Eu sinto muito!", disse Pedro dando-me um abraço. Procurei empertigar o corpo na tentativa de disfarçar o desequilíbrio em decorrência do uísque. A princípio, eu não soube o que dizer. Nossos olhares tornaram-se fixos um no outro assim que nos afastamos. Pedro também me observava num misto de surpresa e nostalgia. Não nos víamos há mais de cinco anos.

"Quanto tempo, Pedro! Cheguei a pensar que nunca mais veria você." Em muitas noites e por muitos anos, imaginei e preparei-me para quando esse momento chegasse. Mas agora, vendo-o tão perto, passado tanto tempo, a situação surpreendeu-me com uma frieza sem fim. Nada de coração acelerado, tremores ou rosto ruborizado. Nada sugeria estar diante do homem por quem um dia morri de amores.

"Peço desculpas por não ter comparecido ao funeral. Encontrei seu irmão agora há pouco e ele me disse que você estava aqui. Então pensei que seria bom te ver. Posso entrar?"

"Entre", eu disse abrindo passagem. Absorvi o cheiro amadeirado assim que Pedro esgueirou-se para passar por mim. O mesmo perfume dos dias esperançosos da adolescência. Nos conhecemos quando tínhamos dezesseis anos. Estudávamos no mesmo colégio, na mesma turma. Logo nos tornamos grandes amigos, irmãos que se completavam – Pedro por ser filho único e eu pela proteção ausente no irmão mais velho. E foi essa proximidade sem preconceitos, despojada de interesses, que levou a me enveredar por uma paixão que na época não soube conter.

"Foi terrível o que aconteceu com sua mãe."

"Por essa eu também não esperava."

"Ela deixou alguma carta?", perguntou Pedro recorrendo ao velho clichê de que suicidas registram num papel o motivo da morte.

"Nada. Nem sequer despediu-se. Simplesmente se foi."

"Você deve estar sofrendo muito."

"Eu tinha outros planos para mamãe. Queria que ela fosse morar comigo um dia." Tomado por uma dor física, tive que amparar-me no espaldar da cadeira de forma a evitar uma queda.

"Andou bebendo, Miguel?", Pedro perguntou assim que pousou os olhos na garrafa de uísque quase vazia e no copo tombado sobre a mesa.

"Precisava relaxar. Quer uma dose?"

"Eu não bebo."

"Ah, é verdade. Me desculpe", disse, lembrando-me de que Pedro fora criado numa família evangélica.

"Você cresceu! Está diferente", Pedro sorriu de forma ingênua no intuito de fazer abrandar a tensão inerente ao reencontro. Durante todo esse tempo parecia ter compreendido a nossa separação como algo natural. O rompimento não havia deixado marcas nele.

"Você também cresceu, mas não mudou tanto assim."

Quase nada se alterou em Pedro, percebi. Estava um pouco mais gordo. Impossível não percorrer com os olhos a barriga que despontava maior sob a camiseta apertada. As bochechas também eram mais salientes. Porém o brilho dos olhos e o sorriso estarrecedor, com dentes reluzentemente brancos e alinhados, permaneciam intactos.

"Está precisando de alguma coisa?"

"Não, obrigado".

"Aposto que não comeu nada até agora."

"Estou sem fome"

"Mas não pode ficar só enchendo a cara de uísque."

Fechei os olhos. Difícil encarar Pedro sem ser acometido pela mesma decepção de anos atrás. Esquecer Pedro e o amor que sentia por ele pesou, e muito, na decisão de ir estudar numa outra cidade.

"Acabei de enterrar minha mãe, Pedro. Eu posso beber o quanto quiser", eu disse fechando a porta e enchendo o copo de uísque. De repente tive vontade de que Pedro abreviasse a visita.

"Eu só achei que..."

"Lembra-se da última vez em que nos vimos, Pedro? A noite chuvosa, a igreja, sua ignorância, meu profundo arrependimento de ter te confiado um segredo?"

Na ocasião, por acreditar que a amizade com Pedro estaria acima de qualquer coisa que pudesse revelar, decidi contar sobre minha atração por homens e, indo além, confessei o amor que sentia por ele. A reação silenciosa de Pedro tinha me deixado confuso.

"Escuta, Miguel. Não guardo nenhum rancor. E você está bêbado. Talvez não seja o melhor momento para discutirmos isso." Depois que eu contei que era gay, Pedro recorreu à mãe para buscar orientação de como agir. Sua mãe tinha explicado que todos esses sentimentos não passavam de influências de forças diabólicas. Uma batalha espiritual enfrentada por homens e mulheres na mesma situação.

"Como pôde fazer aquilo, Pedro? Como pôde acreditar que eu era fruto de uma ação demoníaca?" Beberiquei o uísque e sentei-me no sofá ao perceber que as forças minavam. Ele colocou-se ao meu lado, mas encarávamos apenas o assoalho de madeira. Pedro com os dedos das mãos entrelaçados. Eu segurando frouxamente o copo.

"Não vamos mais falar sobre aquele dia. Acho que não agi corretamente com você, mas o que fiz foi por entender que eu oferecia ajuda. Minha mãe havia recomendado que eu o levasse à igreja.

"Você agiu como um idiota, isso sim."

Os grossos pingos de chuva tamborilando no vidro da janela conduziram-me à mesma noite chuvosa de cinco anos atrás. Eu e Pedro parados sob uma chuva torrencial, em frente à igreja evangélica distante do centro da cidade. Na fachada principal do templo estava escrito: CULTO PARA SE LIBERTAR DOS DEMÔNIOS. "Vai entrar aí?", perguntei estarrecido. Pedro, segurando minha mão e tentando arrastar-me para o interior da igreja respondeu: "Minha mãe disse que precisamos libertar você da opressão do diabo. O pastor colocará as mãos em sua cabeça e o diabo sairá do seu corpo e todos esses sentimentos ruins o deixarão". Livrando-me da mão dele, dei as costas e entrei no mesmo táxi que nos tinha levado até lá. Nunca mais nos falamos. Um ano depois passei no vestibular e fui embora.

"Não quer ir lá pra casa? Pode tomar banho, trocar essa roupa. Janta conosco?", Pedro queria dar novo rumo à conversa.

"Sua mãe não vai gostar de me ver."

"Não estou falando da casa de meus pais. Me refiro à minha casa. Eu me casei."

"Você se casou?"

"Já tem três anos."

Esperava ouvir tantas outras coisas. Na verdade, eu queria que Pedro assumisse arrependimento por sua atitude naquela noite e me pedisse desculpas. Mas reparei que ele não havia sofrido. Para mim, o fim do mundo e o início de profundas dores, deixando marcas que não cicatrizaram. Para Pedro, um desentendimento sem grandes estragos. Levou sua vida adiante.

"Acho melhor você... Vai embora, Pedro. Por favor...", eu disse sem força. Cada palavra pronunciada com dificuldade.

"Vem comigo, Miguel. Vamos lá pra casa."

"Hoje não." Tive vontade de dizer que o pedido chegava atrasado, que a paixão havia morrido. Ao olhar Pedro, não sentia absolutamente mais nada. Apenas nostalgia.

"Promete que vai ficar bem aqui sozinho?"

"Já enfrentei situações piores. Vou sobreviver."

"Miguel...", disse Pedro ao se colocar junto à porta. "Saiba que durante todos esses anos eu nunca deixei de considerá-lo meu melhor amigo. Foi um prazer revê-lo, mesmo que numa situação tão triste. Um dia quero que visite minha casa e conheça minha família."

"Ficarei aguardando o convite." Esforcei-me para oferecer um pequeno sorriso, mas os lábios permaneceram crispados. Em seguida, Pedro bateu a porta, entendendo que por ora era mais sensato ir embora. Os raios seguidos de fortes trovoadas assustaram-me quando me vi mais uma vez sozinho na sala semiescura. Foi preciso esvaziar a garrafa de uísque para suplantar a dor no peito. Chorei de novo ao pensar que a homossexualidade é de fato o amor em sua expressão mais inatingível.

Arrastei-me até o segundo andar, amparando-me no corrimão. Ao escancarar a porta do quarto de mamãe, vi posta sobre o lençol branco esticado, no centro da cama, a Bíblia aberta. Minha esperança de encontrar ali uma carta, um bilhete, um anúncio morreu tão logo me sentei na cama e meus dedos tocaram as páginas finas daquele livro que mamãe carregava para todos os lados, como uma espécie de amuleto.

Teria algum significado a Bíblia sobre a cama? A única herança a que eu fazia jus? Ou meu irmão tinha razão? Mamãe deixou a Bíblia para me lembrar que eu iria direto para o inferno caso não decidisse ser homem de verdade? Ou pior, fez questão de deixar a prova incontestável de que eu era o único responsável pela sua morte. Morreu para não lidar com o filho dotado de comportamentos condenados por Deus. Mas o suicídio também era considerado gesto abominável. E por que então se matou?

Ao me atentar para o capítulo grifado, vejo que mamãe ao menos pensou em mim antes de morrer. Isso porque a

Ninguém me ensinou a morrer

Bíblia está aberta no trecho que eu mais gostava de ler. E a respeito disso ela sabia muito bem, porque nunca cansei de expressar, quando estávamos a sós, o meu carisma por Jesus Cristo, enviado para salvar a humanidade, carregado de poderes, crucificado, vencendo a morte e ressuscitando ao terceiro dia. "Venceu a morte", eu adorava repetir isso.

Comecei a ler a passagem em voz alta:

Era desprezado e o mais indigno entre os homens...

Inútil tentar prosseguir. As palavras se amontoavam umas sobre as outras. Meus olhos se fecharam. Meu corpo desabou sobre o lençol de linho com perfume de amaciante. "Venceu a morte", repeti baixinho e adormeci num sono pesado, após ver surgir no canto do quarto a criança ensanguentada.

Na manhã do dia seguinte, Breno me encontrou dormindo abraçado à Bíblia, com as mesmas roupas do dia anterior. Nem me dei o trabalho de tirar os sapatos. A boca aberta deixava escorrer pelo travesseiro um fio de baba. Breno cutucou o meu ombro e me chamou pelo nome. Resmunguei qualquer coisa, abrindo os olhos o suficiente para ver a imagem borrada do meu irmão, sem qualquer expressão.

"Quase nove horas. Te espero lá embaixo." Breno afastou-se e deixou o quarto.

Todo o meu corpo doía quando me sentei à beira da cama e pousei os pés no chão. A cabeça era a parte mais pesada. Achei que fosse vomitar ali mesmo. Na intenção de evitar mais essa desgraça, fixei o olhar no teto. Não havia bebido tanto assim, pensava. Em seguida, tropeçando nos próprios passos, caminhei numa cadência dissonante até chegar ao banheiro, no andar de baixo. Lavei o rosto na água fria e em seguida revirei as gavetas do armarinho em busca de um analgésico. Encontrei um frasco de aspirinas. Ingeri dois comprimidos com a água da torneira.

Respirei fundo, ajeitei os cabelos com as mãos molhadas e segui para encontrar meu irmão.

Breno esperava na cozinha. Mal me aguentando em pé, desabei na cadeira. Ainda me sentia muito mal. Apoiei a cabeça na palma de uma das mãos, esforçando-me para continuar com os olhos abertos. Mas o máximo que obtinha dessa experiência malsucedida de "uísque-após-enterro-da-mãe-e-discussão-com-o-irmão-mais-velho" era piscar muitas vezes, tentando disfarçar o torpor.

"Fiz café. Quer?"

"Aceito. Nunca passei tanto tempo sem comer nada. Ainda assim não tenho fome."

"Bebeu bastante. A garrafa está vazia."

"Não fui só eu que enchi a cara ontem", eu disse após bebericar pequenos goles do café quente e amargo.

"Não vim para discutir."

"E por que veio então?"

"Vim oferecer carona até a rodoviária. O próximo ônibus sai às dez."

"Está ansioso pra me ver longe, não é mesmo?"

Na ausência de respostas, fiquei observando o rosto impávido do meu irmão enquanto continuava a sorver o café em pequenos goles.

"Se importa se eu levar comigo a Bíblia de mamãe?", perguntei.

"De jeito nenhum. Faça bom proveito. E leia!"

Durante o curto trajeto até a rodoviária, o silêncio era total dentro do carro. Breno enfiou na boca dois chicletes e ocupou-se de mascar a goma insípida todo o tempo, evitando assim as palavras que, em seu entendimento, já tinham

Ninguém me ensinou a morrer

sido ditas. Eu sentia-me tão aliviado com o efeito restaurador da aspirina (a dor de cabeça havia diminuído pela metade) que não me incomodei com meu irmão taciturno.

Enquanto eu comprava a passagem, Breno me observava a uma distância considerável. Faltavam apenas dez minutos para a partida do próximo ônibus.

"Eu envio os convites da exposição assim que definir a data e o local", eu disse voltando ao lugar onde o havia deixado.

"Não se preocupe comigo", retrucou Breno num muxoxo. "Não vou à sua exposição."

"Isso é uma despedida? Digo, não nos veremos mais?"

"Resolva sua vida...", disse enterrando as duas mãos nos bolsos da calça jeans.

Eu entendi que: "Resolva a sua vida" encobria diversos outros comentários possíveis que meu irmão não quis dizer: "Torne-se homem. Encontre a cura. Passe a gostar de mulheres. Procure um psiquiatra". Era claro que ele se sentia extremamente incomodado quando aparecia em público ao meu lado. Nada havia mudado desde os nossos tempos naquela casa. Eu era uma ofensa a tudo aquilo que ele acreditava ser certo. A família. A perpetuação da humanidade. A criação divina. A igreja. A moral. O homem e a mulher. Mas não revidei a esse novo insulto velado, apenas estendi os braços e o abracei numa despedida simples e sem lamúrias. Ele não evitou o abraço, mas também não disse nada. As mãos permaneceram protegidas dentro dos bolsos. Calou-se, resignado. Ficou parado até me ver entrar no ônibus e sumir.

Eu nunca mais veria meu irmão.

Assim que cheguei em casa, após o sepultamento, tratei de reavaliar meus planos. A ideia era viajar dentro de duas semanas para fotografar os cemitérios mineiros, mas, no intuito de fugir da solidão do pequeno apartamento e da ansiedade que me consumia, decidi pôr o pé na estrada o quanto antes.

Às oito horas da manhã do dia seguinte eu já estava a caminho de Ouro Preto, a primeira das oito cidades que visitaria ao longo dos próximos seis meses, levando na pequena mala apenas o necessário: algumas mudas de roupa, materiais de higiene pessoal, um boné, a máquina fotográfica, rolos de filme e uma caderneta de anotações. Com a cabeça encostada na janela empoeirada do ônibus, segurando um livro fechado, eu admirava a paisagem inóspita enquanto minha mente tentava ganhar forças para se enveredar por um projeto que, até então, significava a coisa mais ousada que me permitira fazer.

Meses atrás, cursando o penúltimo semestre de Filosofia, tudo o que eu tinha era um punhado de fotografias de túmulos em preto e branco. Todos os dias, após o término das aulas, ao pôr do sol, gostava de ficar sentado, sozinho, no extenso gramado da faculdade, recostado numa das árvores, contemplando uma a uma as imagens dos cemitérios da cidade. Aquilo ainda não me dizia nada. Digo em relação às fotografias. Ir aos cemitérios, tirar fotos e tê-las depois entre meus dedos era minha oração diária. Uma seita religiosa que eu inventei. Se naquele tempo alguém chamasse aquilo de arte, eu teria ignorado. Acho que esse foi o grande trunfo de Enzo, um dos meus professores, ao se aproximar de mim, fator determinante para que nossa amizade progredisse. Inicialmente ele não me engrandeceu e nem colocou o rótulo de arte nas fotos tremidas e sem técnica alguma que fiz questão de lhe mostrar.

Fui surpreendido pela aproximação inesperada de Enzo numa dessas tardes. Eu erguia à frente do rosto uma fotografia feita no último fim de semana. Naquela época não tinha amigos e fazia questão de nutrir o isolamento, pensando que assim estava protegido.

"Você é bom aluno, Miguel. E terá um ótimo futuro. Sei reconhecer uma pessoa inteligente."

"Tento me esforçar."

"Não é só isso. Além das notas que se destacam, você é discreto. Percebo seus olhos aguçados, a atenção de quem quer aprender. Eu era igualzinho a você." Enzo, um senhor de sessenta anos, ministrava aulas sobre o existencialismo, nas quais exaltava sem parcimônia sua verdadeira paixão pelo patrimônio filosófico deixado por Nietzche, Sartre, Kierkegaard e Schopenhauer. Até então, tínhamos trocado algumas poucas palavras após o término das aulas. Eu

Ninguém me ensinou a morrer

gostava de tirar minhas dúvidas depois que todos os alunos haviam deixado a sala.

Sem saber o que dizer, apenas sorri meio sem graça, movi meus olhares para algum outro ponto que não fosse o rosto enrugado do professor, desejando logo voltar a ficar sozinho.

"Quer um cigarro?", perguntei.

Para minha surpresa ele aceitou. Demorou alguns longos minutos para que voltasse a falar. Se fosse por mim eu ficaria ali todo o tempo calado. Não fazia questão nenhuma de levar adiante aquele diálogo. Preferia a solidão. Desde as minhas incertezas aflitivas, advindas da infância e intensificadas na adolescência, optei pela misantropia ao abandonar temporariamente a ideia de morrer.

"O que tem aí nas mãos?", perguntou ele com a voz gutural.

"Apenas uma foto."

"Posso ver?"

"Claro." A princípio ele não disse nada. Não teceu sequer um comentário. Apenas apreciou com o olhos miúdos, passando os dedos sobre a delicada textura, com uma expressão perturbadora.

"Vejo que tem mais aí", disse apontando para o envelope pardo ao meu lado, de onde despontavam outras fotos.

Não demonstrei resistência. Acendi outro cigarro e deixei que, no afundamento da luz do dia, obscurecendo tudo à volta, ele apreciasse em silêncio as outras fotografias.

"São todas de cemitérios?", perguntou com um sorriso.

"Eu gosto dos cemitérios."

"Isso tem a ver com arte tumular. Sabe o que significa?"

Foi a primeira vez que ouvi o termo. Enzo me explicou que possuía grande interesse por esse tipo de manifestação artística. Disse também que já tinha lido sobre outros fotógrafos estrangeiros que se destacavam no ramo, mas até então nunca ouvira falar de alguém que fizesse isso no Brasil. Não entendi muito bem se foi um elogio ou um bom motivo para não progredir.

"Arte tumular", dizia ele concentrando-se nas fotografias, "é o termo para referir-se às obras que são feitas para ficar expostas sobre os túmulos, em cemitérios e até em algumas igrejas. Muitas delas são atribuídas de significados. Alguns fotógrafos percorrem os cemitérios em busca dessas obras, promovem exposições e publicam livros. O que pensa em fazer com essas fotos?"

Dei de ombros contorcendo os lábios. De repente eu não fazia ideia do que aquele material poderia render. Hesitei. Não havia resposta. Tentando desvanecer o silêncio, disse qualquer coisa:

"Não sei. Gosto de ir até os cemitérios e tirar algumas fotos. Só isso."

"Entendo." Enzo me pediu outro cigarro. Percebi que tentava ganhar tempo. Com o cigarro próximo do fim, ele me devolveu as fotos e me lançou um convite que, por algum motivo, eu não soube negar. "Quer jantar hoje lá em casa? Eu posso te mostrar alguns livros de fotografia."

Enquanto seguia seus passos vagarosos até o estacionamento da universidade, eu tentava afugentar da mente a perspectiva de que aquele convite envolvesse um plano de conquista. Enzo não dava sinais de ser homossexual, mas eu tinha medo de estar indo para uma armadilha. Com certeza já deveria ter notado meus trejeitos, minha sensibilidade, principalmente depois de ter visto as fotos, comprovando assim minha reclusão, o que denunciava a fragilidade do mundo em que eu havia me instalado. Eu era, ou parecia ser, uma vítima fácil de ser abatida. Ao nos aproximarmos do fusca dele tive vontade de recuar, inventar uma desculpa e fugir, mas quando ele abriu a porta do carro e disse que eu podia me acomodar no banco da frente, alguma espécie de compaixão exalada de seus olhos iridescentes me fez espantar os temores e aceitar a convivência com outro ser que gostava das mesmas coisas que eu: filosofia, existencialismo e arte tumular – daquele momento em diante, eu já gostara de repetir a expressão: "Arte tumular".

Quando a porta do apartamento de Enzo abriu, Sílvia, sua mulher, me recebeu com espantosa naturalidade, embora nunca tivesse me visto e nem sequer tivesse sido avisada de minha visita naquela noite. Deu-me dois beijinhos assim que Enzo revelou meu nome, acrescentando que eu era um de seus melhores alunos. Sílvia sorriu como se fôssemos grandes amigos, o que me fez pensar que Enzo poderia ter feito muitos outros comentários a meu respeito. Sílvia não se alongou muito na conversa. Retirou-se para a cozinha, de onde ainda era possível ouvir sua voz, visto que o apartamento era bem pequeno.

"Fique à vontade, Miguel", ela disse despendendo grande esforço, como se estivéssemos a quilômetros de distância. "Amor, pegue no armário copo e talheres e coloque na mesa." Com gestos tranquilos e serenos, Enzo cumpria as orientações, sempre com um sorriso afável no rosto.

Mike Sullivan

O apartamento recendia a incenso, como se mergulhado numa essência cujo aroma era oriundo da mistura de muitas flores e ervas indistintas. A mobília de madeira escura, abarrotada de livros antigos e porta-retratos onde se via o casal em diferentes épocas e lugares, conferia ao lugar um clima acolhedor e confortável.

Sentados à mesa, comemos em silêncio a maior parte do tempo. A fome apropriou-se de mim, impondo ainda mais ausência de voz ao meu temperamento comedido. A comida simples, acompanhada de vinho chileno, preencheu o vazio que a distância da família, desde muito cedo, deixou. Era como estar em casa novamente, sentindo o gosto do alimento fresco temperado com carinho.

Enquanto durou o jantar, Enzo não falou nada a respeito das fotografias. Entendendo que, provavelmente, a temática fúnebre não interessava à mulher, e por isso o proposital esquecimento, eu respondia com economia de palavras os poucos assuntos que surgiram: de onde eu era, o que pretendia após concluir a faculdade, com quem eu morava, se continuaria na cidade.

Tão logo terminamos o jantar, Sílvia privou-nos de sua companhia, escondendo-se num lugar de onde não era possível sentir seu cheiro, muito menos ouvir o som de seus movimentos. Fez-se uma calmaria. Enzo me convidou para sentar ao seu lado no sofá da sala.

Passados os momentos tensos, próprios da chegada a uma casa estranha, e movido pelo efeito advindo da terceira taça de vinho, eu estava mais à vontade.

"Queria ver de novo as fotos", ele me disse ao encher nossas taças.

50

Sentindo-me mais vagaroso ao realizar um simples movimento, ergui os braços até alcançar minha mochila. Retirei de dentro dela o envelope surrado e o entreguei a Enzo. Como um crítico a analisar minuciosamente uma obra, ele exerceu sobre as fotos um olhar ainda mais atento que o de antes. Então, moveu a cabeça em minha direção e o que pude observar foi o olhar e o suspiro profundo de um homem desacreditado do mundo.

"Eu sei que ninguém gosta de ver fotos de cemitérios", eu disse antes que se tornasse constrangedor a pausa que se estendia por tempo demais.

"Não é isso. Eu tenho grande apreço por esse tipo de trabalho. A morte é um dos temas mais fascinantes da existência humana. Mas..."

"Mas?", eu insisti ao ingerir mais uma generosa dose de vinho. Eu já estava me irritando com suas longas pausas e seus olhares fugidios que o conduziam a um estado de aparência irrecuperável, distante da nossa realidade.

"Vejo que, a julgar por essas fotografias, você se resume apenas num caçador de imagens. E fotografar é bem mais do que ir em busca dos melhores ângulos e objetos. É, também, se permitir ser surpreendido pelo inesperado. Registrar um instante que passa a impressão de ter estado ali o tempo todo aguardando a captação da sua lente. É preciso cultivar a paciência na arte da fotografia."

Eu não dava muita importância ao que eu fazia, mas ao ouvi-lo descrever de tal forma, abaixei a cabeça, constrangido, paralisado de vergonha.

"Você tem talento. Só precisa descobrir exatamente o que quer."

Diante do meu silêncio de criança aborrecida, Enzo levantou-se, caminhou até a estante de muitos livros e retirou de lá um grande volume. Ao sentar-se novamente ao meu lado, o livro de fotografias teve de ser apoiado nas suas duas pernas. As fotos eram muito parecidas com as minhas. Folheou algumas páginas até encontrar o que queria.

"Está vendo essa foto aqui?", ele virou um pouquinho o livro para o meu lado e fixou o dedo indicador no centro da fotografia antiga.

"É linda", disse com meus lábios frouxos a sorver devagar o vinho.

"O que vê, Miguel?"

"Um anjo carregando uma cruz pesada. Pombos comendo migalhas aos pés da estátua. A sombra do anjo projetada no solo arenoso."

"Você disse o óbvio", ele riu enquanto balançava a cabeça.

"Mas foi o que você me perguntou", disse dando de ombros, sem querer transmitir a ideia de que eu estava aborrecido.

"Veja bem. Quando estou diante dessa foto eu não penso no fotógrafo. E sabe por quê? Porque tenho a impressão de que o artista se fundiu à paisagem que se propôs a observar, se integrou ao ambiente. É nisso que deve pensar quando está fotografando."

"Entendi."

"Não me parece muito empolgado."

"É que eu não sei muito bem ainda."

"O quê?"

"Eu gosto de fotografar os cemitérios. Ir até lá, aproximar a máquina fotográfica das esculturas e dos túmulos, observar o enquadramento, a luz, e clicar no botão. Depois esperar alguns dias até que o filme seja revelado e enfim apreciar o trabalho. Isso me basta. E vê-lo falando assim é como se você estivesse instruindo um artista de verdade que ainda não se descobriu. Não vejo nada demais no que faço."

"Mas não pode negar que gosta de fazer essas fotografias."

"Sim, mas não sei se quero mostrar, compartilhar com alguém. Não considero arte."

"Ainda não é hora de pensar nisso. Quer um conselho?"

Meu silêncio o fez prosseguir.

"Quando visitar novamente o cemitério, sinta-se parte do fenômeno. Digo em relação à morte. A despeito de toda a beleza das esculturas é a morte que reina ali, em cada canto. É sobre o fim da vida que estamos falando. Sobre a solidão das horas mortas. Tenho certeza de que novas construções de imagens irão surgir."

Após as visitas ao cemitério, eu gostava de ficar deitado no chão do apartamento, bebendo vodca, com a televisão ligada e o rádio sintonizado numa estação qualquer, não dando a mínima se o que ouvia era uma música ou a voz do locutor. A garrafa ao lado ia secando pouco a pouco. Muitas vezes adormecia bêbado.

É impossível entrar num cemitério sem se comover com a dor daqueles que estão enterrando seus mortos. Caminhando entre túmulos, refletia sobre a quantidade de corpos envoltos em estruturas de mármore e granito, isolados no interior de um féretro, usando roupas escolhidas por outros, o nariz entupido de chumaços de algodão. Imóveis. Cultivando uma soma infinita de tempos. Não há maior solidão que a morte.

Numa manhã, ao abrir os olhos, sentindo fortes dores na cabeça e o estômago ardendo, tomei um susto ao ver Enzo sentado na velha poltrona dentro do meu quarto. Ele lia o jornal com as pernas cruzadas.

"O que faz aqui?", perguntei sentando-me vagarosamente.

"Quando cheguei você ainda dormia."

Mike Sullivan

"Como entrou?"

"A porta estava aberta. E a chave pendurada na fechadura, do lado de fora."

"Devo ter chegado com muito sono ontem."

"Ou muito bêbado."

"O que você pretende?", perguntei com a mão massageando a cabeça, encarando apenas o chão.

"Nada. Por enquanto."

Enzo dobrou o jornal em quatro partes e o deixou de lado: "Tome um banho. Vou fazer café."

Minutos depois, com os cabelos molhados e despenteados, segurando uma caneca de café, sentado no chão, encostado na parede abaixo da janela por onde a luz forte do sol invadia iluminando tudo, eu esperava pelo efeito da aspirina enquanto observava Enzo fumar. Apesar de ter ficado aborrecido por ele ter invadido meu apartamento sem avisar, o mal-estar já havia se diluído após o banho e o café quente, e eu já me sentia bem na sua companhia.

Jantei com ele e Sílvia outras noites depois daquele primeiro convite. Já tinha visto todos os seus livros de fotografia. Enzo e Sílvia eram casados há mais de trinta anos. Não tinham filhos, por opção. Mas na maneira melancólica como me confidenciaram eu percebi que havia certo arrependimento. Talvez eu fosse a materialização de uma nova chance para exercitarem a paternidade. Mesmo assim, ainda que nunca tenha se confirmado, eu sempre ficava na dúvida se Enzo sentia algo mais por mim que não fosse somente a simples necessidade de me ver bem. O mais honesto nessa história é que ele estava disposto a acreditar em mim.

Quando o café terminou e a aspirina aliviou por com-

Ninguém me ensinou a morrer

pleto a dor de cabeça, pedi que me dissesse o que o fizera despencar até meu apartamento.

"Eu consegui a chave para o seu sucesso".

"Sucesso?"

"O Instituto do Patrimônio Histórico e Artístico Nacional, numa parceria com o Governo Federal, publicou um edital que vai premiar projetos culturais em diversas áreas: literatura, fotografia, cinema, teatro e música. Além do prêmio em dinheiro, os projetos vencedores receberão todo o apoio para viabilizar suas consecuções, incluindo a divulgação após a conclusão. Só tem um detalhe: o prazo para as inscrições se encerra dentro de três dias. Precisamos trabalhar o quanto antes."

"Por que eu ganharia um prêmio desses?"

"Caramba, Miguel, você é o jovem mais pessimista que eu conheço!"

"Quem se interessa por cemitérios, Enzo?"

"O que importa não são os cemitérios, mas o fato de ser algo original. É isso que a bancada de jurados levará em consideração ao avaliar os projetos inscritos."

"Eu não sei..." Levantei-me. Fui até a cozinha buscar mais café. Ao voltar sentei-me no mesmo lugar, encarando Enzo numa pausa incômoda.

"Está na hora de dar um passo adiante, você não tem nada a perder", ele disse acendendo um novo cigarro e afugentando o silêncio. "O que está acontecendo com você, Miguel? Olhe ao seu redor, veja a merda onde está afundando. Essa bagunça toda. Vodca. Péssima alimentação. Cinzeiros lotados. O que pensa da vida?"

Nunca houvera ocasião tão apropriada para que eu con-

57

tasse a verdade a Enzo. Será que ele sabia que eu era gay? Provavelmente sim. Mas preferi não dizer nada. Aprenderia tarde demais que o silêncio concedido àqueles que nos amam destrói tanto quanto as piores grosserias. Calar-se nunca é a melhor saída. Apenas um escudo temporário. Um abrigo de paredes invisíveis cuja ilusão de esconder-se era o único refúgio.

"Eu só quero ficar em paz", disse afinal.

"Nem à faculdade tem ido. Seu orientador veio me procurar. Disse que até agora você não entregou nem uma página da sua monografia."

"Esse cara fala demais."

"Ninguém terá pena de você, Miguel. Pode se autoflagelar o quanto quiser. As pessoas lá fora estão cagando. Cada um seguindo o rumo da sua vida, preocupados com seus próprios umbigos. Se não fizer algo por você, ninguém mais o fará. Eu posso te ajudar. Já contribuí com outros alunos. Posso perfeitamente te auxiliar. Vai ver que nem é tão difícil."

Foi então que o vi retirar de sua pasta um livro e me entregar sem dizer nada.

"*Velórios*", li em voz alta o título grifado no centro da capa.

"Minha sugestão é que você se debruce sobre esse livro antes de darmos início à redação do projeto. Voltarei amanhã à tarde."

Assim que Enzo se foi, me pus a ler aquele livro. Eram contos. A leitura me agradou. Ao fechar o livro e deixá-lo de lado sobre o sofá, busquei pensar sobre as possíveis intenções de Enzo, mas por mais que tentasse criar conexões, eu não chegava a lugar nenhum. A não ser pelo título, nada mais ligava o livro às minhas fotografias.

No dia seguinte, ao anoitecer, eu e Enzo nos encontrávamos sentados à mesa da cozinha tendo entre nós o livro.

"Gostou?", ele me perguntou.

"Um bom livro."

"Conhece o autor?"

"Rodrigo Melo Franco de Andrade. Nunca ouvi falar. Quais são suas outras obras?"

"Não há nenhum outro livro de ficção. Em toda a sua trajetória de vida, Rodrigo empenhou-se em escrever apenas esta coletânea, com estes oito contos."

"E onde entra o meu projeto fotográfico nesta história?"

"Sabe quem foi esse escritor, Miguel?"

"Não faço a mínima ideia."

"Ele dirigiu por mais de trinta anos o Serviço do Patrimônio Histórico e Artístico, atual Instituto do Patrimônio Histórico e Artístico Nacional."

"A mesma instituição que está promovendo o concurso cultural."

"Exatamente."

"Continuo sem entender."

"Veja bem, Miguel." Fez uma pausa para acender o cigarro. "Acho que seria muito simples dizermos que o seu projeto tem como objetivo principal e único a fotografia de cemitérios. Talvez a banca de jurados não o qualifique como merecedor."

"Mas não é essa a intenção, Enzo? Fotografar as esculturas cemiteriais?"

"Sim, sim. Não vamos fugir do seu propósito."

"Não estou entendendo mais nada."

"Vamos restringir a sua área de atuação. Isso porque existe no país uma quantidade imensa de cemitérios. E vamos fornecer ao Instituto um projeto que agregará à cultura nacional algo mais do que um acervo fotográfico."

"E como faremos isso?"

"É simples. Sabe esse livro aí que te indiquei? Pois bem, o autor era mineiro. Então pensei em Minas Gerais, mais especificamente nas oito cidades históricas: Congonhas, Diamantina, Mariana, Ouro Preto, Sabará, Santana dos Montes, São João Del Rei e Tiradentes. O seu projeto, Miguel, terá como objetivo a catalogação, por meio de registros escritos e fotográficos, das obras de arte escondidas nos cemitérios dessas oito cidades. Dito dessa forma soa mais interessante e digno de investimento. Além disso, as coincidências entre seu projeto e o livro *Velórios* deixarão subentendido que você tem a intenção de render homenagem ao primeiro dirigente da instituição, morto há alguns anos. A origem do autor, as oito cidades históricas, os oito contos reunidos na coletânea, o título fúnebre. Caso seja consagrado vencedor, seu projeto não só apresentará um panorama das principais obras cemiteriais de Minas Gerais, mas também uma exposição que o elevará à posição de um renomado fotógrafo. Acredite nisso."

E foi assim que a minha carreira de fotógrafo profissional começou. Durante os três dias que nos restavam antes de findar o prazo de inscrição, eu e Enzo, movidos à base de café e sanduíches de mortadela, nos desdobramos para concluir as exigências do edital: resumo do projeto, objetivo, justificativas, planilha de cálculos e o roteiro a ser seguido durante a produção.

O resultado saiu poucos meses depois. Meu nome constava na lista dos vencedores e isso mudou a minha vida.

Quando velhos conhecidos começaram a morrer, senti a necessidade de me isolar novamente. Admiti, com certo desprezo e resignação, que não havia mais tempo nem tampouco energia para investir em novas amizades. Não concedo mais entrevistas, não ministro nenhuma conferência, recuso convites para expor no exterior. Quero apenas aceitar a velhice e o consequente desgaste corporal. Sem filhos ou parentes, restou somente o contato com aqueles seres imprescindíveis e dos quais não se pode abrir mão: o cardiologista que me presta atendimento domiciliar, o porteiro que confere todos os dias se ainda estou vivo, a diarista que aparece duas vezes por semana, e Joaquim Ayala, meu agente.

Próximo das onze horas da manhã deixo a varanda e volto para o interior do apartamento arrastando os mesmos passos cansados de sempre. Faço mais café. Sento-me à mesa em frente à parede onde estão penduradas minhas principais fotografias e os muitos prêmios que ganhei ao redor do mundo. Olhar para esses quadros não me causa mais emoção de espécie alguma. Eles não têm a importância que

Mike Sullivan

em grande parte da vida atribuí. São apenas acessórios que preenchem um espaço vazio na parede.

As fotografias dos cemitérios mineiros me renderam ascensão imediata. Um susto. Tão logo entreguei as fotos fui convidado para uma exposição no Centro Cultural Banco do Brasil, no Rio de Janeiro. Durante seis meses as fotografias em preto e branco foram vistas por milhares de pessoas. Críticos de arte elogiaram meu trabalho: "Como pode um jovem fotógrafo captar tão bem o enigma da morte e enquadrá-lo em imagens que nos conduzem a um labirinto de sensações?". Viajei pelo país divulgando as fotografias. Fui convidado para eventos. Altos cachês. Por esse trabalho ganhei o Prêmio Nacional de Fotografia, oferecido pelo Ministério da Cultura.

Com o dinheiro, aluguei um apartamento em Paris, na Edgar Quinet, próximo ao cemitério de Montparnasse, após ter recebido convite especial para expor minhas obras no Museu de Orsay, um dos mais importantes centros de arte parisiense. Foi a época em que a solidão se afastou alguns metros. A morte de mamãe e o abandono do meu irmão já não me feriam tanto. Tive contato com grandes nomes da fotografia mundial, como George Rodner, Peter Marlow, Jean Manzon e Cartier-Bresson. Aprendi sobre elementos técnicos da fotografia que ninguém tinha me ensinado. Fui laureado com os prêmios Kodak e Prix de la Ville de Paris.

Durante dez anos conheci a glória, o reconhecimento, os elogios, as matérias em jornais internacionais. Por interesse, fui pra cama com homens influentes: empresários, colecionadores de arte, donos de galerias famosas, editores de revistas culturais. Todos com mais de sessenta anos e

Ninguém me ensinou a morrer

que não dispensavam um jovem bonito como eu, de olhos claros, sedutor e disposto a satisfazê-los. Transei em motéis caros e baratos. Fumei maconha e cheirei cocaína em festas com muito uísque e vodca.

Com o aval e o apoio dessa gente realizei diversos trabalhos em turnê pela Europa. Fotografei e tive a chance de conhecer os mais famosos cemitérios do mundo: o Old Jewish, em Praga; o Père Lachaise, em Paris; o da Ilha de San Michele, em Veneza (apelidado de "Ilha dos Mortos"); o de Nossa Senhora de Almudena, em Madri; o Cemitério dos Prazeres, em Portugal. E, ainda, os cemitérios antigos de Londres: Abney Park, Highgate, Kensal Green, Nunhead e West Norwood.

As fotos correram o mundo e, por onde passaram, o reconhecimento da crítica vinha acompanhado de diversos prêmios. O World Press Photo Prize, concedido pelo Museu Van Gogh, na Holanda. O Oskar Barnack, na Alemanha. O Prêmio Ibero-Americano de Fotografia, na Espanha. E por fim o American Society of Magazine Photographers, nos Estados Unidos.

Pode ser que eu tenha tido alguma felicidade por esses tempos, não nego. Mas o amor, o amor verdadeiro, não havia encontrado. Sexo não faltou, mas a paixão por um ser único que me arrebataria o espírito passou longe. Vinha pouco ao Brasil e quando estava aqui não passava mais que uns três dias, uma semana no máximo. Fazia visitas rápidas a Enzo e sempre o convidava para ir comigo à Europa, mas devido ao Alzheimer de Sílvia ele não podia se ausentar do país. Percebo o quanto fui egoísta com meu amigo. Quando conversávamos, nunca me preocupei em deixá-lo falar

65

Mike Sullivan

sobre a doença da mulher, só me ocupava em contar das novidades, do dinheiro que ganhava, das exposições, das fotos, do sucesso. Mesmo assim, Enzo ainda daria provas concretas do amor que sentia.

Aconteceu quando eu tinha mais ou menos uns trinta e cinco anos e estava de volta ao Brasil, assim que a febre e a euforia do sucesso esfriaram. Talvez pela escassez de convites para exposições e palestras, o luto tardio, a dor das humilhações de criança, o meu estranho relacionamento com papai, tudo isso foi chegando numa paulada certeira que quebrou todos os meus ossos. A melancolia me atingiu com força esmagadora durante longos três dias. Eu só queria ficar deitado, sujeitando-me, sem ânimo para reagir, à pressão asfixiante no peito, ao catastrófico retorno ao Brasil e às lembranças ruins.

A maconha e o álcool me tomavam pela mão. Já não era mais eu. Apenas um corpo encurvado sobre a cama banhando o lençol com lágrimas que ardiam os olhos. Por alguns dias os delírios e alucinações me pouparam de um desespero maior. A cama levitando, quase encostando ao teto. As luzes piscando. Uma revoada de vaga-lumes. Risadas sem sentido. Oscilações constantes entre euforia e pensamentos suicidas. A tristeza indo e vindo, apertando meu pescoço de forma cada vez mais forte. A criança com o rosto sujo de sangue. Algumas gotas sujavam o assoalho de madeira, outras formavam manchas enormes no lençol. No silêncio da criança eu ouvia o ranger dos meus dentes, as mãos ao peito tentando a todo custo aliviar a pressão que me contorcia as entranhas. Eu só queria morrer.

Na manhã do quarto dia, com o fim da vodca e da maconha, eu estava totalmente debilitado, entregue à fraqueza que me impedia de me levantar. Olhos arregalados. A mesma roupa cobrindo o corpo fedendo. Dias sem tomar banho. Hálito ruim. Dor no estômago. Era preciso pedir ajuda. Esticando o braço, alcancei o telefone e disquei com dificuldade o número de Enzo. Não havia mais ninguém.

"Sou eu, Enzo." Minha voz em tom monocórdio ecoou no quarto escuro em ondas que fizeram o choro recomeçar.

"Bom dia, meu filho."

"Preciso de ajuda."

"O que houve? Está chorando?"

"Pode vir aqui?"

"Está me deixando preocupado, Miguel."

"Nunca me senti tão só."

"Aqui onde? Onde está agora?"

"No meu apartamento."

"Na França?"

"Não. No Brasil."

"Eu nem sabia que tinha voltado."

"Não tive tempo de avisar. Você vem?"

"Estou indo. Fique calmo."

Enzo chegou uma hora depois. Quando me viu deitado sobre a cama, mais magro e incapaz dos mínimos gestos, constatou o clima de decadência. Com espanto, observou as garrafas vazias e as pontas de baseados por todos os cantos. A primeira providência dele foi abrir a janela, deixando a luz do sol entrar, tentando, assim, amenizar o caos e diminuir o cheiro forte, que misturava comida estragada e maconha. Cravei meus olhos nele. Eu estava sério, com medo e trêmulo.

"Só tenho vontade de morrer", balbuciava enquanto chorava compulsivamente. "Mas ninguém me ensinou a morrer, Enzo".

"O que mais sente?" Enzo sentou-se na beira da cama.

"Tristeza. Só tristeza. Há dias não durmo. Estou cansado de pensar. Meus pensamentos estão me destruindo."

"Consegue tomar banho sozinho?"

"Acho que sim."

"Então levante-se, tome banho, vista uma roupa limpa. Vou fazer café. E depois vamos procurar um médico."

"Eu não preciso de médico, Enzo."

"Não seja teimoso. Eu sei o que estou fazendo."

"Só fique aqui comigo."

"Não posso permitir que continue nessa situação, drogado, sujo, sem comer nem dormir direito."

Enquanto eu tomava banho, Enzo preparou café e ligou para o psiquiatra, um velho amigo dele. Explicou rapidamente a situação e disse que era urgente. O médico aceitou nos receber em seu consultório às quatro da tarde daquele mesmo dia.

Dentro do consultório do psiquiatra, me senti num filme de época. Deparei-me com um homem antiquado, aparentemente cheio de manias. Em total desconforto, eu e Enzo nos sentamos em frente à mesa grande do médico que fazia suas anotações em forma de rabiscos indecifráveis num livro de capa preta. Os óculos de grossa armação a pender de seu nariz pareciam não ajudar muito. Percebi que, ao escrever, quase tinha de encostar os olhos no papel. Com as pernas cruzadas, eu esfregava as mãos e de vez em

Ninguém me ensinou a morrer

quando desviava os olhos em direção a Enzo, como se estivesse a pedir que me levasse embora.

No início da consulta, o psiquiatra ateve-se às perguntas básicas: idade, se havia dores localizadas, há quanto tempo sentia-me assim, qual a relação com a alimentação, o sono, se sentia vontade de continuar fazendo as coisas que antes tinha prazer em realizar. Respondi todas as perguntas com lentidão, mas sem fugir à verdade. Acrescentei que a tristeza profunda já me rondava há alguns meses, mas que me pegou de jeito mesmo nos últimos dias. Não soube dizer se a volta ao Brasil tinha alguma relação específica.

"Com que espécie de mal estou lidando, doutor?", gaguejei, como se estivesse aprendendo a falar.

"O fato de estar deprimido não significa que sua vida esteja totalmente desordenada, Miguel. Existe hoje uma gama de remédios contra a depressão. Trabalharei com a avaliação constante no seu caso. Fique tranquilo. Psicotrópicos não viciam, nem transformam as pessoas em zumbis, desde que ingeridos com o devido acompanhamento médico. Por isso, desde já, eu desejo ser relatado de todos os efeitos colaterais. É importante para decidirmos continuar com o remédio indicado ou substituí-lo por outro. Vou lhe receitar alprazolam. Deverá tomá-lo três vezes ao dia. Notará que seu efeito será praticamente imediato. Ele o ajudará a combater a insônia, além de diminuir a ansiedade, causando um efeito relaxante. E vai fazer uso também do zoloft, duas vezes ao dia, que em média leva cerca de quinze dias para fazer efeito. E, mais uma vez, não se preocupe com a dependência dos medicamentos. Esse não é seu maior problema agora."

Mike Sullivan

O médico carimbou o receituário, assinou rapidamente e o passou às mãos de Enzo, enquanto ressaltava a necessidade de me alimentar bem, mesmo contra a vontade, e aconselhou uma caminhada de no mínimo meia hora durante o dia.

A depressão é um câncer na alma. Foi o mais perto que cheguei da sensação de estar morto. Apagado. Esquecido. Imobilizado. Ineficaz. Inservível. Podre. Sujo. O corpo envenenado. Vermes devorando a carne. Não era só tristeza. Eu havia perdido completamente a vontade de viver. Como se o acúmulo de desgraças tivesse desmoronado a um só tempo sobre a minha cabeça. Estar deprimido torna o mundo e as pessoas desconhecidos. Retira de nós tudo aquilo que achávamos conhecer sobre a vida.

Nas três semanas seguintes, apresentei um avanço quase imperceptível na luta contra a depressão. Assim como o psiquiatra explicou, os efeitos do alprazolam puderam ser sentidos rapidamente, logo após os primeiros comprimidos, aliviando o estado constante de pânico. Eu dormia por doze horas seguidas. É certo que ao acordar não saía a pular da cama em saltos de pura alegria e satisfação, porém a ansiedade, que muitas vezes me deu vontade de me jogar da janela, estava menos agressiva. Só não tinha ânimo para muita coisa. Passava a maior parte do tempo no quarto. Dormir era como anestesiar a mente. A sensação de que, ao apagar a consciência por meio de remédios, era poupado de pensamentos desastrosos. No entanto, nem o sono induzido nem os remédios me conduziam a nenhuma zona de conforto.

Na abstinência do álcool e da maconha eu surfo nas ondas do alprazolam e do zoloft. Quando estou acordado, não sei se continuo imerso em sonhos drogados ou a contemplar, submisso, uma realidade confusa – a paisagem distante e borrada do passado. Vejo a criança sentada, as mãos abraçando os joelhos, com rios vermelhos a descer

73

Mike Sullivan

dos olhos fundos e sem cor. Fico quieto a esperar que ela proclame minha sentença definitiva – vou morrer. Nada diz. Mata o tempo me observando com uma tristeza que parece ser o reflexo da minha própria alma. Várias vezes passo as mãos no meu rosto e vejo a ponta dos dedos. Será que também dos meus olhos descem rios de sangue? Não. Dos meus tristes olhos só o que despenca são lágrimas resultantes da saudade. Só saudade.

Papai morreu quando eu estava próximo de completar treze anos. Por nove meses acompanhei à cabeceira de sua cama a doença a lhe devorar o corpo. Ele fumou até o último dia de vida. Eu respirava a fumaça espessa que saía da sua boca e do nariz. O câncer matou meu pai cedo demais. Tinha quarenta e dois anos. Meu primeiro contato com a morte, eu não sabia o que era perder alguém. Os médicos disseram que o câncer, inicialmente diagnosticado no esôfago, já havia se alastrado ferozmente para o fígado e o intestino. Não restava outra opção a não ser o tratamento à base de morfina. Muitas foram as noites em que ouvi papai implorar por uma dose maior de morfina. Gemia de dor. Nas últimas semanas de vida tivemos de conviver com os eflúvios podres que passou a exalar toda vez que tossia ou fazia o mínimo gesto. Papai foi internado três dias antes de sua morte. Segundo o médico de plantão, devíamos dar graças a Deus por ele não ter morrido em casa. O tumor do esôfago estourou expulsando sangue e secreções por todos os orifícios: nariz, ouvido, boca, olhos. Pensar em papai agrega mais sofrimento aos meus dias melancólicos.

Mas o que eu poderia ter feito? Nada. Sempre tive medo de revelar a papai minha homossexualidade. Talvez por ser aquele que mais sofreria com isso. Talvez porque me expulsasse de casa. Talvez porque fizesse comparações desse meu jeito recatado de ser com o jeito vigoroso e saudável do meu irmão. Eu vivia sempre doente, com crises alérgicas, sinusites, rinites, resfriados um atrás do outro. Eu era fraco, franzino, meigo, delicado. Mas isso não significa que eu não o amava, pai. Eu o amava. Ainda o amo. Hoje só me vejo fazendo uma pergunta: Sentiria orgulho de mim, pai? Me cumprimentaria pelas fotografias, pelos livros publicados, pelo acúmulo de elogios da imprensa e dos críticos de arte? Tenho sonhado muito com você nesses dias. Com você e com mamãe, juntos. Tenho vontade de ir vê-los mais cedo. Por enquanto só me faltam forças para lançar-me à cova. A depressão tem me devastado o ser. Não tenho ânimo para quase nada. A comida que Enzo preparou ontem à noite continua do meu lado, praticamente intacta. Tem gosto de palha queimada, de cinzas. Vou jogar no vaso e dar descarga. Não quero que ele pense que não estou lutando.

Passei a me sentir péssimo com as reações do zoloft. Os efeitos colaterais puderam ser sentidos uma semana após os primeiros comprimidos – boca seca, lábios dolorosamente rachados, tontura, tremor em excesso, além da náusea que dificultava ainda mais o ato de se alimentar. Enzo ligou para o psiquiatra, que marcou uma nova consulta. Na manhã seguinte, o médico nos disse que eram de se esperar os sintomas causados e trocou o remédio pelo paxil. Incluiu ainda ao coquetel o navane e diminui a dose diária de alprazolam.

O paxil pareceu funcionar uma semana depois, notei com alívio. Mantinha-me mais equilibrado em meio ao torpor depressivo. Voltei a ter vontade de tomar banho (ain-

Mike Sullivan

da que muitas vezes permanecesse, letárgico, cerca de uma hora debaixo do chuveiro). Consegui até mesmo dar um jeito no quarto bagunçado.

Numa sexta-feira à noite, jantei na companhia de Enzo. Pela primeira vez, depois de todos os colapsos, consegui escolher o que queria comer. O cheiro do alimento fresco não trouxe a vontade de vomitar.

"Que bom vê-lo com fome. Parece melhor", disse Enzo, consternado com a minha frágil aparência: mais magro, com o rosto sem brilho, olhos decaídos e ombros curvados para frente.

"Um pouco." Abaixei o olhar, abandonei o garfo no prato quase vazio, bebi um generoso gole de água e depositei em Enzo meu olhar doentio. "Sinto falta da maconha", falei, esboçando um fino sorriso que rapidamente se desfez para dar lugar a um rosto inexpressivo.

"Nem brinque com uma coisa dessas."

"Fique tranquilo, Enzo. Estou limpo. Quer dizer, mais ou menos limpo. Porque tenho me entupido dessas porcarias aí", disse apontando para as caixas de remédios amontoadas em pilhas sobre a mesa.

"Dê graças a Deus por existirem essas pílulas. Elas têm poupado sua vida."

"E isso é viver?"

"É passageiro, meu filho. Vai melhorar. Voltará mais forte. Pense nos novos projetos."

"Não sei mais aquilo que sou." Eu poderia ter ido além em meus comentários a respeito da depressão. Relatar a desconexão com o mundo, a vontade de me suicidar e acabar com tudo, os castigos impostos pela ansiedade sem fim, a total incapacidade de sentir prazer, o pânico, a aguda compreensão de que minha solidão fosse nada mais que um vírus em meu organismo a se reproduzir incontáveis vezes, a sensação de que morreria sozinho e de que não havia razão alguma para continuar vivo. Mas falar sobre a depressão e encontrar uma ordem cronológica do seu surgimento não eram coisas tão simples. Na verdade, eram bem mais complexas, pois ao olhar para o meu passado tinha a suspeita de que o vírus causador da doença sempre estivera ali, atacando livremente cada parte do meu organismo, invadindo cada espaço sorrateiramente. Com essa análise, dei-me conta de sempre ter tido uma personalidade melancólica, triste, apática, que tentei esconder enquanto pude, mas que explodiu depois de vários ciclos de pequenas depressões.

"E se fôssemos até sua cidade? Rever seu irmão e, finalmente, conhecer seu sobrinho, de quem você tanto fala. Topa?"

"Meu sobrinho... Pelos meus cálculos deve estar com dez ou onze anos. Será que se parece comigo? Meu irmão nunca mandou notícias. Recusou todos os convites que enviei para exposições e noites de autógrafos. Eu também sempre me acovardei e me retraí ante a vontade de rever os dois."

"É uma possibilidade..."

"Não sei se tenho coragem, Enzo. Já se passaram muitos anos."

"Não vou deixar você ir sozinho. Vamos juntos. Amanhã bem cedo. Que tal?"

"Talvez... Tenho saudade de Breno. Seria bom vê-lo de novo."

"Então se anime. Pela manhã passo aqui para te buscar."

Enzo chegou cedo ao meu apartamento, mas a decepção veio quando tentou me despertar. Comecei a chorar, tomado de árida infelicidade. Os momentos agradáveis da noite anterior pareciam pertencentes a um sonho longínquo e os planos decorrentes tornaram-se objetivos inalcançáveis para minha pouca força. Enzo, na esperança de me fazer melhorar, ajudou a me levantar, tomar um banho, mas foi só o que consegui. No instante seguinte, ao me arrastar para a cama, tomei o dobro da dose habitual de alprazolam. Desiludido, Enzo apenas compartilhou da total incapacidade em que eu me encontrava. A viagem foi cancelada.

Esperma e sangue. Filho do estupro. Mamãe recebeu uma porrada tão grande na cara que o sangue de seus lábios jorrou longe. Isso ela me contou anos depois quando testemunhei uma das muitas surras que ela levava de meu pai. A ira que não podia expressar no cemitério, enquanto enterrava os mortos, ele descontava em mamãe. Assim eu fui gerado. Numa casa onde reinavam os demônios da violência e da embriaguez. Sorte nenhuma há de ter no amor uma pessoa cuja origem se deu na dor e no ódio.

Certa vez em Paris, de madrugada, voltando a pé para casa depois de sair de uma festa, eu me deparei com uma cigana na esquina do cemitério de Montparnasse. Ela pegou no meu braço e disse que leria minha sorte. E como eu estava chapado, sorri afetuosamente e estendi a palma da mão. Com olhos esbugalhados, a mulher muito bronzeada disse que só encontrava nas linhas da pele sinais de maldição. E muitos espíritos que me acompanhavam desde o nascimento. Naquela noite não acreditei em tais palavras. Livrei-me das mãos da cigana e corri até chegar em casa. Talvez eu seja vítima mesmo de uma maldição. Estupro. Esperma. Sangue. O perfume dos mortos. A depressão foi só o início.

Só piorei. Desejo contínuo de permanecer deitado, isolado num mundo próprio, sob a proteção de grossos cobertores e dos remédios que já não apresentavam grandes efeitos. As horas passando lentamente. Os dias voando para um lugar irrecuperável. O fim de tudo. O fim da felicidade. A desintegração da alma levando-me a um estado de incessante comoção, piedade e lamento.

Todo mundo me dizia da energia ruim dos cemitérios, de sua suposta carga negativa. E que cedo ou tarde eu seria atingido por essa aura de solidão e morte. Nunca levei a sério tais crendices, mas deitado nessa cama, sozinho, na escuridão de um quarto que cheira mal, passo a desconfiar que a depressão incurável seja fruto de todas as horas que me pus a andar entre túmulos e corpos putrefatos. Desfruto da solidão que talvez só esteja reservada aos mortos – a maldição por ser filho de um coveiro.

Já era próximo das seis da tarde quando o quarto ficou mais escuro. Fechei as cortinas e sentei-me na beira da cama. Apenas de cueca, o corpo era de uma magreza doentia. Pálido, cabelos compridos, barba por fazer, manchas nas mãos e nas pernas. A luz da rua resplandecia fraca e irrisória dentro do cômodo úmido. Ao meu lado, colorindo o lençol encardido, estavam espalhados os remédios. Todos os comprimidos (laranjas, azuis, brancos) que me mantiveram vivo até então, mas que foram incapazes de me devolver a vontade de permanecer nesse mundo. Fracassado, eu me preparava para cometer um último ato. Minha alma atormentada já não queria mais continuar viva. Pensei em ligar para Enzo. Despedir-me do amigo que tanto fez por mim nos últimos meses. Mas imputar-lhe mais esse problema seria injustiça. A notícia de minha morte chegaria tardia aos ouvidos de Enzo. Provavelmente um vizinho com quem nunca falei sentirá um cheiro estranho e logo chamará alguém para retirar do apartamento meu corpo em decomposição. Era assim que eu imaginava o meu fim.

De olhos fechados, escolhi aleatoriamente um comprimido, pus na boca, senti o gosto amargo, comprimi entre dentes amarelados, elevei com dificuldade a garrafa de água e engoli. Na repetição dos gestos, as lágrimas surgiam em enxurrada. Pus na boca outro comprimido. Mastiguei. Bebi água. Engoli os farelos.

A cabeça girando. Embriaguez sem álcool. Vertigens sem cheiro de maconha. De novo o estômago em voltas intermináveis, tentando expulsar o veneno que quer matar o corpo. Os pés se contorciam. Sabia que precisaria permanecer sentado, ainda que a cabeça começasse a pesar.

Pus na boca outro comprimido.

Mastiguei.

Bebi água.

Mas foi tudo em vão. Depois de engolir mais de vinte comprimidos, num ato que consumiu cerca de quarenta minutos, me rendi ao cansaço. Meu corpo desabou sobre a cama. O quarto girava incessantemente. O estômago assumindo vida própria, lutando contra a ameaça. Os jatos de vômito vindo em seguida. Um após outro. Tingindo de matizes de verde a cama, o chão, o travesseiro. Urros desesperados acompanharam cada porção de gosma que saiu da boca, deixando marcas na barba e na ponta dos cabelos. Já não tinha mais noção do que acontecia ao redor. Fechei os olhos, sem força para resistir. Nos lábios, farelos dos comprimidos grudados. Na boca, o gosto amargo persistia.

Parecem bichos corroendo minhas vísceras. Serão os vermes destruindo meu corpo sepultado? Estou morto? Ainda escuto o som dos carros passando na rua lá embaixo. Algumas luzes persistem em brilhar dentro do quarto. Percebo, sem manifestações de espanto, que minha cabeça está apoiada em vômito ressecado. A larva endurecida de farelos de comprimidos estende-se por todo o lençol, em meus braços e mãos, e termina no assoalho de madeira em forma de figura abstrata. A excreção de cheiro azedo não faz surgir em mim nenhuma espécie de comoção que me ajude a levantar.

Me ensina a morrer, mãe. Como se faz? Tentei seguir seus passos. Engoli todos os remédios. Mas não é a morte que vejo se aproximando. E sim o cheiro metálico de sangue. Das lágrimas vermelhas de uma criança. Está aqui. Ali. Naquele canto. Não vê, mãe? Morrer deveria ser glorioso e não o reencontro com fantasmas. Quando irá me abandonar, criança maldita? Grito ou acho que estou gritando.

Mike Sullivan

Ouço meus gritos apenas dentro da minha cabeça. No interior do quarto apenas o silêncio de túmulos. Muitos túmulos erguidos ao redor da cama. Encimados por velas que queimam incessantes e por cruzes de todos os tipos, cores e tamanhos. Onde poderei deitar-me? Em qual sepultura verei ser lacrada a tampa de concreto por um coveiro insensível que sorri e fuma enquanto alguns jornalistas e estudantes de fotografia lamentam minha morte?

Os pequeninos passos da criança se arrastam no assoalho de madeira enquanto abro devagar os olhos. Vejo mais nitidamente suas lágrimas vermelhas que agora pingam no chão formando uma poça onde se pode observar um reflexo infantil. Preparo-me para ouvir a sentença. Penso que será agora que a criança abrirá sua boca para dizer alguma coisa. Mas ela só observa. Menino ou menina? Cabelos longos cacheados. Boca miúda rosada. Olhos que se espremem jorrando ainda mais sangue. Ou lágrimas tingidas de vermelho. O cheiro é forte. Ferrugem. Realça em meus lábios o gosto de quase morte.

Aos meus pés mamãe está sentada. Cabeça baixa. Rezando talvez, ou chorando meu fracasso na tentativa de morrer. Poderíamos estar juntos agora. No paraíso. Ou no inferno. Ou no vale dos suicidas. Só sei que em sua companhia qualquer lugar seria melhor do que esse. Seus lábios não se mexem. Seu rosto não me encara. Tenho a sensação de estar mergulhado num sono confuso, mas estou apenas boiando na superfície daquilo que seria o prelúdio da loucura. Deus não está aqui. Mente perturbada só abriga demônios e pornografia. Mas tenho certeza de que o Velho Criador está à espreita. Ele e o anjo mirim enviado para me vigiar. Sim, porque só pode ser um anjo essa criança maltrapilha, suja do próprio sangue que desce dos olhos e sempre me persegue em segredo. Não sei ao certo quando comecei a ter essa alucinação, mas o fantasma infantil veio antes da paixão pelos cemitérios e pela fotografia.

De repente, sou puxado para fora do pesadelo. O que vejo à minha frente já não é mais a criança, nem sangue, nem mamãe, nem os túmulos, mas a figura borrada de Enzo sentado no chão a me encarar com seus olhares de piedade. Deve ter me perguntado alguma coisa porque ouço minha voz a lamentar sobre meus dias ruins.

"O mundo tem se tornado pesado demais para que eu possa carregar, Enzo. O que me resta é a solidão de um corpo sustentado por remédios e mágoas. Sei que estou muito doente. Estou cansado. Por acaso teria um baseado aí?"

Ignorando os devaneios, Enzo me ajudou a levantar. Fez que eu tomasse banho enquanto trocou os lençóis sujos e passou pano no chão retirando os últimos resquícios de vômito. Depois ligou para o consultório do psiquiatra e marcou uma consulta de emergência.

Num breve discurso, Enzo explicou ao médico o que havia acontecido. O psiquiatra suspendeu o uso do navane e do paxil e os substituiu pelo efexor e pelo buspar. O alprazolam, o grande auxílio na batalha contra a insônia, continuou a ser administrado em doses mais leves. O médico falou alguma coisa sobre eu estar vivendo um luto tardio em consequência de muitas perdas passadas: a morte do pai, o suicídio da mãe, a rejeição do irmão.

"Quer dizer alguma coisa, Miguel?", perguntou o médico ao terminar de carimbar e assinar todos os receituários.

Mike Sullivan

"Terei condições de continuar a viver assim?" A voz sem ânimo soou áspera e cortante.

"Terá de seguir em frente", afirmou o médico categoricamente com sua voz mansa. "Entenda bem, filho. Medicação é uma das armas que estou oferecendo a você nessa luta contra a depressão. Os remédios podem trazer bons resultados, ainda que inconsistentes, mas nunca é fácil, eu reconheço." Ele desviou o olhar para Enzo. "Se desejarem, posso solicitar a internação."

"Não, doutor", gaguejei.

"No hospital você terá atenção continuada de uma equipe, métodos para protegê-lo de seus impulsos destrutivos, medicação sob supervisão em tempo integral, além de vitaminas e alimentação adequada."

"Tenho certeza de que me sentiria pior aprisionado dentro de um hospital."

"Você é quem sabe. Me ligue quando precisar, não importa a hora", disse o médico ao se despedir.

Dois meses depois, o psiquiatra sugeriu o tratamento com eletrochoque em razão do resultado insatisfatório dos antidepressivos.

Assinei os formulários de consentimento e me submeti a um eletrocardiograma, uma radiografia do tórax, exame de sangue e outras análises relacionadas à anestesia. Seriam dez ou doze sessões durante cerca de seis semanas. O psiquiatra explicou que o tratamento era seguro e eficaz porque parecia aumentar o efeito da dopamina, além de afetar todos os outros neurotransmissores e o metabolismo do córtex frontal. Muitas explicações que ouvi, mas não

Ninguém me ensinou a morrer

tive condições de assimilar. Depois da tentativa frustrada de suicídio, passei a não pensar mais nisso, mas de certa forma agia como se quisesse morrer o tempo todo. Eu me autoflagelava. Quase não comia. Acreditava que, deixando de me alimentar, fatalmente morreria de inanição uma hora ou outra. Só queria ficar deitado e dormindo, esperando a chegada do colapso definitivo.

A depressão não me matou, mas deixou duas sequelas irreversíveis. A relação com a comida nunca mais foi alterada. Não sinto prazer nenhum ao comer. Me alimento porque sei que é necessário para minha sobrevivência. E sou afetado por constantes crises de enxaqueca. A dor de cabeça incorporou-se ao meu cotidiano, bem como as altas doses de aspirina e neosaldina.

Na véspera de iniciar as primeiras sessões de eletrochoque, eu me internei. Enzo me acompanhou até o hospital, mas não dormiu lá comigo. Foi embora tão logo se deu conta de que eu estava calmo ou aparentemente calmo. Durante a noite jejuei e recebi soro intravenoso. Enzo voltou na manhã seguinte e permaneceu ao meu lado, já na sala de eletrochoque, acompanhando todas as etapas que antecederam o espetáculo de horror.

Enfermeiros aplicaram gel em minhas têmporas, fui ligado a monitores por meio de eletrodos. É nisso que a depressão me transformou. Preso a fios e máquinas onde deposito tênue esperança.

Em seguida foi aplicada uma anestesia intravenosa de curta duração, e um relaxante muscular visando prevenir espasmos físicos, apesar de o psiquiatra ter dito para eu não me preocupar, já que o único movimento corporal

Mike Sullivan

durante o tratamento seria um ligeiro torcer dos dedos dos pés.

Fecho os olhos. Não quero mais ter de ver a imagem de Enzo a me encarar com piedade. Sinto que estou me rendendo ao efeito da anestesia.

Conectado à máquina de eletroencefalograma e ao eletrocardiograma, de modo a ser monitorado constantemente, apaguei num sono profundo. Um choque rápido causou uma convulsão nas têmporas que se estendeu por trinta segundos – período suficientemente longo para mudar a química do cérebro, mas não para queimar a massa cinzenta. O mesmo procedimento se repetiu por mais duas vezes, quantidade ideal para a primeira sessão.

Duas horas mais tarde, acordei na sala de recuperação. Enzo me ajudou a voltar para casa.

Estou de volta ao meu apartamento, sentado no sofá, segurando uma caneca de café e fumando um cigarro que vai sendo consumido aos poucos, tão vagaroso quanto a terrível e dolorosa passagem do tempo. Na outra poltrona, Enzo também fuma. Por enquanto ele não diz nada. Preserva o silêncio como se fosse um remédio a mais a constar no meu receituário.

Lá fora está chovendo. Bebericando o café morno, observo os pingos que batem na janela e escorrem pelo vidro embaçado. Há paz. Não sei se pelo efeito exclusivo do eletrochoque ou se pela reação em conjunto com os medicamentos. Tenho vontade de sair às ruas. Tomar banho de chuva. Mas por ora me contento com a tranquilidade que o som da água tamborilando no vidro produz. A chuva me

Ninguém me ensinou a morrer

remete à avenida Edgar Quinet, em Paris, onde morei, em frente ao cemitério de Montparnasse. Bebo um pouco mais do café, amasso o que sobrou do cigarro no cinzeiro. Movo a cabeça em direção a Enzo.

Penso, mas não falo: rugas em maior quantidade ao redor dos olhos e dos lábios de Enzo denunciam o quanto está velho. E cansado. A imagem do homem que carrega nos ombros todas as dores do mundo. Enzo havia se rendido à velhice. De que forma esse homem suportava minha presença estranhamente decadente e triste? Por que teimava em permanecer do meu lado mesmo sendo eu a personificação da melancolia e do fim da esperança?

Penso, mas também não ouso dizer: nesses momentos em que o silêncio era o que mais reinava entre nós, eu tinha a ligeira impressão de que Enzo não compunha a realidade dos dias. Era apenas um ser inventado pela minha mente para driblar a solidão e o desencanto germinado em cada gesto. Ele ocupa o mesmo espaço destinado à loucura, assim como a criança que derrama lágrimas de sangue.

Penso e logo em seguida ouço o som de minha própria voz:

"Onde se escondeu o amor, Enzo?"

"O amor não se esconde. Apropria-se de uma oportunidade para renascer. Sempre."

"Já me disse coisas mais inteligentes, meu amigo". Pus nos lábios um fino e quebradiço sorriso que mal teve tempo de surgir, morrendo nos rochedos do meu visível desamparo.

"O amor talvez seja apenas uma invenção da humanidade. Tentativa de fugir da solidão do corpo, do desespero de morrer. A necessidade de sermos amados denuncia o

Mike Sullivan

quanto somos incapazes de lidar com algo que é inerente à condição do ser: a angústia por estarmos sós."

"Pensar que morrerei sem ao menos descobrir o que é o amor me deixa um pouco mais triste."

"Você é jovem, Miguel. Não faça da sua vida apenas um discurso de lamentações."

"Eu não consigo, Enzo. Simplesmente não consigo. Não posso fugir da tristeza."

"Não há nada que queira fazer?"

"Não."

"Imaginava que as fotografias o completassem."

"Por um tempo sim. Fotografar a arte dos cemitérios me afastou desse estágio depressivo em que me encontro, mas no fundo eu sabia que uma hora ou outra iria sucumbir à melancolia profunda. Nada me impulsiona para um objetivo que possa fazer dos meus dias algo suportável." Acendo outro cigarro. Bebo o restante do café e abandono a caneca num canto do sofá. Sinto que estou à beira de um rio de lágrimas. "Entende?"

"Talvez só haja paz entre os mortos."

"Então já estou morto. Não é isso que me tornei? Um coração que teima em bater num corpo abandonado?"

A chuva aumenta lá fora. Por alguns segundos me vejo inundado novamente da sensação de descer e andar sob a chuva. Mas dura só um pequeno instante o desejo de me molhar, o que sobra mesmo é o desânimo que aos poucos vejo aumentar como um carro desenfreado descendo a ladeira. Tenho medo. "Terei filhos um dia? Acordarei com alguém me abraçando e me beijando a nuca, dizendo que me ama, que quer viver a vida inteira ao meu lado?"

"A vida está sempre disposta a nos surpreender, Miguel. Pense nisso."

"Sempre terás alguém à tua espera. Se não o amor, com certeza a morte severa."

Ele não responde. Penso mais uma vez em silêncio: a homossexualidade é o amor em sua expressão mais inatingível. Ou "o amor que não ousa dizer o seu nome", como bem disse Oscar Wilde.

Minutos depois Enzo vai embora e eu me arrasto até o quarto. Fecho as cortinas, apago a luz, enfio goela abaixo um comprimido de alprazolam, deito na cama e me cubro com um grosso edredom. Adormeço sem pensar em coisa alguma.

Acordar e desejar ser outra pessoa.

Alguns meses depois, ao invés de desejar a todo custo a felicidade plena, passei a me contentar com a calmaria conquistada nos últimos dias. Um sono sem pesadelos ou um pedaço de pão com mais sabor eram motivos suficientes para conceder paz ao espírito. A ingestão diária de nova dieta psicofarmacológica trouxe bons resultados e as sessões de eletrochoque chegaram ao fim.

Numa determinada manhã, acordei decidido a fazer uma visita surpresa a Enzo. Eu não o via há um bom tempo. Enterrado no meu egoísmo, querendo apenas obter a cura para a depressão, nem me preocupei com o que estava acontecendo ao meu amigo. Não tinha tido nenhuma notícia dele nesse período em que se manteve distante. Achei que era hora de descobrir o por que desse sumiço repentino. A vida me daria uma porrada tão grande aquela tarde que as dores decorrentes persistem em me acompanhar.

Um porteiro que eu nunca vi antes me recebeu quando cheguei ao prédio onde Enzo morava. Ele veio falar comigo após notar minha impaciência apertando várias vezes o interfone.

"Tá procurando quem, amigo?"

"Enzo, do 301. Parece que não está em casa. Sabe dele?"

"É algum parente?", ele disse abrindo o portão.

"Sou apenas um amigo." A palavra soou artificial, "amigo", como se a representar tão somente um embuste.

"Qual teu nome?"

"Miguel."

Não gostei da maneira silenciosa como aquele porteiro se pôs a me encarar. Parecia fazer uma avaliação, pensativo no que dizer. Em determinado momento ele abaixou a cabeça e pediu que eu o acompanhasse até o hall de entrada. Algo estava errado.

"Você é o fotógrafo, não é?"

"Sim."

"O fotógrafo de cemitérios."

"Exatamente. Como sabe?"

"Eu trabalho aqui tem pouco tempo. Quase um ano. Mas seu Enzo nunca fez questão de esconder a admiração que tinha por você. Quando saía uma matéria nos jornais ele vinha nos mostrar e dizer com orgulho que ele também fazia parte da sua história."

"Isso é verdade. Enzo contribuiu para o meu primeiro trabalho como fotógrafo profissional. Não fosse ele, talvez as minhas fotos estivessem todas em casa, entulhadas dentro de uma caixa velha e esquecidas no sótão."

"Você se refere às fotografias feitas em Minas Gerais, nos cemitérios das cidades históricas."

"Você sabe tudo mesmo." O homem sorriu, mas seus olhos denunciaram a tristeza escondida. Vi claramente que ele estava adiando uma importante confissão. Bebi num gole só o café insípido e frio que ele tinha posto nas minhas mãos.

Ninguém me ensinou a morrer

"Enzo me contou várias vezes sobre essa aventura. Quer mais café?"

"Não. Por enquanto dispenso nova rodada de café. Mas gostaria que me contasse de uma vez o que aconteceu."

"Dá pra ver que você não sabe de nada."

"Não, eu não sei."

"Onde esteve esse tempo todo? Eu nunca o vi por aqui antes."

"É uma longa história". Hesitei. Olhei para a rua. "Sílvia e Enzo não estão em casa. Eu sei. Nunca mais os verei. É isso que quer me dizer?"

"Sim."

"Como foi que essa tragédia aconteceu."

"Tem mais ou menos cinco meses que Sílvia morreu."

Fiz as contas mentalmente. Sílvia já estava morta quando Enzo bravamente me acompanhou durante as primeiras sessões de eletrochoque. Ele não me disse nada na ocasião e eu nem sequer desconfiei que meu amigo enfrentava tão dura perda.

"Ele dava mostras de estar se recuperando bem", o porteiro continuou. "Saía para caminhar, ia à padaria e comprava os jornais pela manhã. Cumprimentava a todos com a mesma cordialidade de sempre. Mas durante o último mês de vida, ele se enclausurou dentro do apartamento. A gente já não via mais ele por aí. Cheguei a bater na sua porta um dia, na intenção de conversar um pouco, tentar animá-lo, mas ele mandou que eu fosse embora, não queria ver ninguém. Três semanas atrás ele sofreu uma parada cardíaca. Uma vizinha escutou os gritos agonizantes, ligou para o pronto-

-socorro, mas foi em vão. Quando a ambulância chegou, encontraram Enzo estirado no chão da sala. Morto. Eu lamento."

"Não tive a chance de me despedir..."

"Mas ele fez questão de render-lhe uma homenagem."

"Homenagem?"

"Sim. Enzo deixou orientações escritas quanto à frase que gostaria de ter na sua lápide."

"E que frase é essa."

"Não prefere ver pessoalmente?"

O porteiro anotou num pedaço de papel o nome do cemitério, o número da quadra e da campa onde Enzo e Sílvia estavam enterrados. Em seguida ligou para um amigo taxista. Ato contínuo pediu licença para fazer outras coisas.

Diante do jazigo com os nomes de Sílvia e Enzo li na lápide de mármore reluzente minudências de nossa última conversa: *Sempre terás alguém à tua espera.* Enzo fez questão de gravar em sua moradia final as palavras oriundas do meu desamparo naquele fim de tarde após a sessão de eletrochoque. Por mais contraditório que possa parecer, Enzo, morto e enterrado, ganhava contornos reais. Seu nome na pedra, com data de nascimento e falecimento, suprimia meus temores quanto a ser esse velho homem um produto de minha duvidosa sanidade mental.

Em frente à sepultura, sozinho, buscando tornar meu silêncio uma cerimônia de despedida em retribuição a tudo o que nossa relação representou, abaixei-me, pus a palma de minha mão sobre a tampa fria de mármore, fechei os olhos e assim me despedi com singela declaração

Ninguém me ensinou a morrer

de agradecimento. Por ter cuidado de mim, por não ter desistido, por ter me feito agarrar-me à vida apesar de todos os infortúnios. Olhei, preocupado, para o relógio de pulso. Se não saísse rápido dali o taxista ia embora. Levantei-me e caminhei em direção à saída. Sem olhar para trás.

Minutos depois, alcancei a rua em frente ao cemitério. Uma das mãos desenterrou-se do bolso para chamar o taxista assim que o avistei parado a poucos metros dali.

Era quase noite quando o táxi avançou por uma estrada de chão estreita e mal-iluminada. Sentado no banco da frente eu ia indicando o caminho. Só o que se ouvia fora do carro era o barulho dos pneus esmagando os cascalhos.

"Não tenha medo, homem. Conheço bem esse lugar", eu disse.

"Tenho a sensação de que deveríamos voltar, rapaz."

"Só mais alguns metros. Por favor. Estamos quase lá. Pense no dinheiro extra que vou te dar."

"Sair vivo daqui já tá bom demais."

"Então continue. Confie em mim. Vamos!"

"Espero que saiba o que está fazendo", falou o taxista aumentando a velocidade. Mantinha as duas mãos grudadas ao volante e o corpo inclinado para frente tentando enxergar melhor.

Alguns metros adiante, barracos cobertos com telhas de zinco foram surgindo à margem da estrada, de um lado e do outro. O calor forte obrigava os moradores a sentaremse em frente ao portão de suas casas, conversando e deitando olhares curiosos no táxi que passava bem diante deles.

99

Mike Sullivan

Era provável que poucos motoristas se atravessem a andar por aquelas bandas depois que o sol se punha.

"Só mais um pouco", eu disse baixinho, olhando para frente como se a querer acalmar o taxista que se isolou num silêncio profundo demonstrando apreensão e arrependimento por ter dado ouvidos a mim.

Eu também estava nervoso, mas não queria que o taxista percebesse meu estado. Não por medo ou por desconhecer o local. Sabia muito bem onde estava indo e o que o me esperava lá. A ansiedade era por estar me entregando novamente ao prazer que tinha prometido abandonar para sempre. Mas como certas coisas nunca nos deixam, eu procurava me consolar com a conclusão óbvia de que, nesta noite, estando triste por ter perdido um amigo e buscando algo que me fizesse fugir da ideia de suicídio, eu não tinha escolha. Só havia um lugar a me oferecer um abraço: o bar sujo de Pietro.

"É ali", eu disse apontando com o dedo indicador. "Pode parar o carro aqui."

O taxista freou imediatamente. Todos os que estavam sentados no interior do bar e na calçada em frente olharam juntos para o carro como se obedecessem a um comando de voz.

"Não demore, rapaz."

"Fica tranquilo. Hoje não vim à procura de farra. Só vim buscar um material."

"Pague adiantado antes de sair."

Paguei ao taxista a quantia que constava no taxímetro e acrescentei algumas notas a mais conforme o combinado.

Ninguém me ensinou a morrer

"E lembre-se", disse abrindo a porta, "pagarei o dobro da corrida se prometer me esperar e me deixar em casa. Ninguém fará mal a você aqui. Essas pessoas me conhecem." "Ok", disse o homem acendendo um cigarro. "Mas vá num pé e volte no outro. Vá!"

Em outros tempos, eu escolheria aleatoriamente uma mesa na calçada, me reuniria a algum grupo para beber e fumar jogando conversa fora, falar sobre qualquer assunto que não fosse cemitérios ou morte. Sobre essas coisas os jornalistas e críticos de arte já me importunavam bastante. Conheci esse reduto por acaso. O bar de Pietro era um dos poucos lugares onde me sentia à vontade. É certo que os companheiros de copo achavam engraçado meu jeito de cruzar as pernas e as risadas espalhafatosas jogando a cabeça para trás até perder totalmente o ar, mas ninguém parecia se importar com isso. Eu gostava das noites no bar. Ao pôr do sol, homens e mulheres reuniam-se ao redor de mesas sujas e enferrujadas, fumando maconha, bebendo cachaça. Em pedaços de papéis rascunhavam canções, poesia e tudo o mais que lhes vinham à mente. Em mesa de bar todo boêmio é poeta. Ali a noite trazia esperança. Podia-se ouvir a mesma canção: ao raiar do dia as coisas consequentemente serão diferentes.

Mas eu estava triste demais para ocupar um lugar naquelas mesas. Agradeci pelo fato de não terem me reconhecido. Um ou outro me lançou olhares mudos. De cabeça baixa, segui para o interior do bar. Aproximei-me do balcão e sentei-me num dos bancos. Pietro, que preparava as bebidas sozinho, do outro lado do balcão, abriu um largo sorriso ao me ver.

101

Mike Sullivan

"Pensei que tivesse se esquecido dos pobres."

"Não me tornei um milionário, Pietro."

"Mas ficou famoso. Eu o vi num programa de TV dando entrevista. Gosto das suas fotos."

"Obrigado. Prometo trazer um livro da próxima vez."

"Tem muito tempo que não o vejo. Uns dois anos, eu acho."

"Andei bastante ocupado nos últimos tempos."

"E o que te traz de volta? Não se parece nem um pouco com o jovem sorridente que conheci no passado."

"Bota uma dose de cachaça aí pra mim, Pietro. É o que preciso por enquanto. Quero uma cachaça da boa, pura."

Ao meu lado um velho bêbado, sem camisa e que suava em bicas, bateu com força o fundo do copo sobre o balcão de madeira. Com a voz frouxa, típica da embriaguez, pediu a Pietro que lhe servisse também mais uma dose de cachaça. Seus olhos pequenos e sua mão estendida no ar com extrema fraqueza geraram em mim um estado de piedade imediata. Em seguida o velho mexeu os lábios finos e enrugados e entoou uma canção de Noel Rosa: *Quando eu morrer. Não quero choro nem vela. Quero uma fita amarela. Gravada com o nome dela.*

Antes de beber, eu me perdi no olhar daquele velho bêbado. Em todo lugar, pensei, haverá de existir um ser sofrendo por amor; num quarto escuro, no bar, na igreja, numa capela mortuária, no leito de um hospital, num puteiro, debaixo do viaduto, no fundo do mar, numa cracolândia, no morro, na comunidade, em bocas de fumo, num bairro de milionários, na Faixa de Gaza, em Jerusalém, numa mesquita, num presídio, na universidade, em Paris,

Ninguém me ensinou a morrer

dentro de um livro, de uma poesia, no centro do meu peito. O mundo jamais seria destituído da missão de abrigar em cantos isolados um coração partido, quebrado, desolado. Bebi num gole só e contentei-me de não estar sozinho a chorar pela falta do amor.

"Essa é da boa", eu disse, ainda sentindo a cachaça arder a garganta. "Bota mais uma aí."

Ao encher o copo, Pietro inclinou-se sobre o balcão até que seu rosto suado se aproximasse do meu ouvido. Sussurrando, tomando o cuidado para que ninguém à volta escutasse, ele disse: "Vai matar a saudade e dar uma mamada hoje." Afastou-se, cruzou os braços e espantou-se ante a minha falta de reação.

Naquele momento, eu não precisava de sexo. Estava me sentindo um lixo. Sem dizer nada fiquei a encarar Pietro e, mentalmente, refiz a mesma pergunta de sempre: Como um nome tão bonito fora dado a um ser tão estranho?

Pietro somava cinquenta e poucos anos, mas aparentava muito mais. Respirava como se estivesse cansado, o tempo todo. Ostentava no rosto gordo e rosado um espesso bigode amarelado por conta do fumo de corda e tinha os cabelos grisalhos presos num rabo de cavalo. Seu traje era sempre o mesmo: camisa desabotoada, deixando à mostra a enorme barriga, calça jeans e alpercatas espremendo os pés inchados. Totalmente desleixado e sem esperança de qualquer mudança. Era capaz de despertar repúdio, desconfiança, medo, intimidação e asco num simples observador que o encarasse pela primeira vez. Mas não passava de um ser miserável, amargurado por ter tido na vida muitos de seus sonhos recolhidos ao fracasso. O bar, herança do pai, dos tempos em que o lugar era apenas um vilarejo tranquilo, distante da cidade, antes da favela começar a crescer ao redor.

Apesar de tudo, Pietro aguçava em mim um tesão inexplicável. Tinha um pau enorme, bonito e reto. Lambia um cu como ninguém. Em viagens pela Europa, paguei os mais bonitos e caros garotos de programa, mas nunca, nenhum deles, superou Pietro. Minha teoria é a de que onde reina a pobreza e a miséria, nos subúrbios, é onde se faz sexo de verdade, sem pudores.

"Hoje não, Pietro", eu disse, virando o copo de cachaça e balançando a cabeça de um lado para o outro.

"Vejo que está triste."

"Triste... Sim."

"Posso ajudar em alguma coisa?"

"Claro. É pra isso que vim até aqui."

"Diga!"

"Você ainda vende maconha pros amigos, nessa espelunca?"

"Da última vez você disse que estava decidido a se limpar."

"Estou precisando."

"Se é assim, vem comigo!"

Levantei-me. As pernas bambas sob o efeito devastador da cachaça. Com passos dementes segui Pietro por um beco escuro até o cubículo apertado nos fundos do bar. Vi Pietro esticando os braços para alcançar a caixa de madeira que ficava numa prateleira, bem no alto. De dentro da caixa puxou três trouxinhas e depositou em minhas mãos. Fiz menção de retirar a carteira do bolso, mas Pietro disse que não precisava pagar. Era em nome da amizade.

Ninguém me ensinou a morrer

"Vai me deixar mesmo na vontade?", perguntou Pietro massageando o pau com uma das mãos enquanto a outra pesava sobre o meu ombro.

"Não posso demorar, Pietro. O táxi está lá fora me aguardando."

"Não demore tanto tempo pra voltar."

"Eu prometo. Voltarei em breve."

"Juízo, garoto. Cuidado com isso aí. Não vá com muita sede. Essa é da boa."

"Obrigado, Pietro."

Eu me despedi e, ao voltar para a rua, senti alívio ao comprovar que o taxista cumprira a palavra e me esperava no mesmo lugar.

Sentado no chão da sala, com uma garrafa de vodca ao lado, eu me rendia a um cerimonial particular. Acendi o primeiro baseado e deliciei-me com o gosto de um prazer quase esquecido. "Como pude sobreviver tanto tempo sem fumar unzinho?", pensei.

Para distrair-me, entre um gole e outro, tratei de ir abrindo os envelopes que se acumulavam em pilhas no tapete da sala e em cima do sofá. A depressão dos últimos meses me fizera renunciar ao contato com o mundo exterior. A maioria das correspondências era de pouca importância, nada de novo: convite para conferências em universidades, cujo prazo de resposta já havia expirado, anúncios de imóveis à venda, cartas propondo associações em clubes de fotografia, lançamento de livros, exposição em museus e outros eventos que, de qualquer forma, seriam educadamente recusados. Mas em meio a tantos papéis, me surpreendi ao ler

105

uma extensa missiva assinada pelo prefeito de São Paulo, na qual esclarecia seus planos de tornar o Cemitério da Consolação reconhecido como um grande museu a céu aberto, estimulando a visitação por meio da divulgação das obras de arte abrigadas entre os túmulos. Ao final, no último parágrafo, li que o meu nome era o mais indicado para realizar as fotografias que depois se transformariam num livro a ser distribuído nos principais centros de turismo da cidade.

Foi preciso um segundo baseado e uma nova garrafa de vodca para que eu aceitasse essa expectativa de renascimento. Apesar do sumiço, alguns continuavam a acreditar no meu trabalho. E a arte era a única coisa que poderia salvar-me. Enzo com certeza me incentivaria a levar adiante mais esse projeto e, talvez, por ele, por meu amigo, valeria a pena aceitar a proposta da Prefeitura de São Paulo. Dobrei em quatro partes a carta, recoloquei-a dentro do envelope e guardei na gaveta da cômoda ao lado da cama. Todas as outras cartas foram para o lixo do banheiro. Na manhã seguinte ligaria para a Secretaria de Cultura para acertar as próximas etapas. Por hoje, a maconha e a vodca eram as opções para encarar a noite.

Próximo dos quarenta anos, após readquirir notoriedade com as fotos do Cemitério da Consolação – numa exposição que já havia percorrido vários estados brasileiros – consegui juntar dinheiro para comprar uma casa. Logo em seguida, realizei novas viagens ao exterior. Fotografei o Cemitério da Recoleta, na Argentina, o Cemitério Municipal de Punta Arenas, no Chile e o Cemitério de Babaoshan, em Pequim. Por estes três últimos trabalhos recebi o Prêmio Erna e Victor Hassebald, pelo conjunto da obra, concedido pela Suécia.

Recuperando-me gradualmente da depressão, sair daquele minúsculo apartamento abarrotado de más lembranças foi meu principal objetivo desde que decidira mergulhar num novo projeto. A casa atual não é muito grande, mas é confortável. Com dois andares, cercada por amplo jardim, dentro de um pequeno condomínio fechado com apenas oito residências, afastado do centro da cidade.

Por volta das dez horas, rodeado por caixas de papelão, esticando as costas doloridas, eu bebia vinho na iminência de fazer dissipar o medo e a solidão que a primeira noite numa casa nova trazia. Era sábado. Durante a tarde, havia chovido bastante. Já não tinha mais ânimo para continuar abrindo caixas. Decidi que só no dia seguinte voltaria à arrumação. Tinha feito apenas o necessário. Coloquei a geladeira para funcionar, montei a cama e preguei numa parede da sala alguns dos prêmios e fotografias acumulados ao longo da carreira. De frente a essa parede, apreciando a segunda taça de vinho, sentia que agora aquela casa me pertencia. As fotos agregavam ao ambiente os traços de minha personalidade, expulsando a memória de possíveis antigos moradores.

Apesar da aparente tranquilidade, eu continuava misturando remédios com álcool e maconha. Não bebia todos os dias, mas não conseguia dormir sem a ajuda do alprazolam.

Há uma semana, recebi, através de um telefonema do embaixador dos Estados Unidos, a notícia de que eu havia sido eleito membro honorário da American Academy of Arts. A cerimônia nos Estados Unidos ainda não tinha data confirmada, mas dois dias atrás fora oferecido um coquetel numa luxuosa galeria de arte no centro da cidade, onde também aconteceu uma coletiva de imprensa.

Eu já havia respondido muitas perguntas naquela noite. Por sinal, as mesmas de todas as cerimônias e exposições anteriores. Nessas ocasiões eu ficava torcendo por uma pergunta original. Nem que fosse uma provocação. Normalmente os questionamentos eram os mesmos: de onde veio a ideia para mais esse trabalho, quando surgiu o interesse por arte de cemitérios, se não tinha medo de fotografar sepulturas, se conseguia dormir bem à noite, por que fotografar locais que despertavam medo na maioria das pessoas. Enfim, perguntas triviais. Comuns. Mas naquela noite, uma jovem mulher ergueu seu braço para em seguida me atacar com palavras impregnadas de rancor.

"Não sente vergonha por importunar a paz dos mortos, ou por ganhar dinheiro com algo tão triste e doloroso? Nunca pensou que nada que vem da morte pode ser bom?"

De repente eu não soube o que responder. Fui tomado por um silêncio embaraçoso. Procurei, antes de emitir qualquer comentário, refletir sobre aquelas palavras. Os jornalistas cochichavam entre si, talvez aguardassem um contra-ataque, que eu defendesse a minha arte, que dissesse algo inteligente. Mas indo de encontro às expectativas gerais, transformei meu discurso num desabafo.

"Qual o seu nome?", perguntei.

"Olívia."

"Concordo plenamente com sua colocação, Olívia. Nada que vem da morte pode ser bom. Morrer é o destino trágico da humanidade. Inevitável. Irreversível. Incontrolável. Aceitar talvez não seja o termo mais apropriado, mas não vamos diminuir em nós o terrível temor da morte afastando-nos dela e de suas representações. Eu mesmo nunca consegui me dar bem com a morte. Tenho um medo danado de morrer, mas encontrei nas fotografias uma maneira de acalmar os nervos. Não paro de pensar em como será quando estiver sepultado num cemitério qualquer. Não sinto prazer em fotografar a morte, tampouco tenho medo ou vergonha quando estou fotografando. Também não penso no dinheiro nesse momento. Não sei explicar. É mais forte que eu." Fechei os olhos, desconcertado mediante os aplausos. Não queria chorar. Nunca antes havia falado com tanta sinceridade. Quando desci do tablado para cumprimentar os jornalistas, percebi que Olivia já havia ido embora. Lamentei sua ausência por todas as horas daquele coquetel de abundantes sorrisos forçados.

Batidas na porta trouxeram-me de volta à realidade. A princípio achei ter me enganado quanto ao barulho que ouvi. Deveria ter sido o vento, pois quem bateria na minha porta às dez da noite? Não conhecia ninguém da vizinhança ainda. Mas as batidas persistiram. Assustado, fui até a janela. Uma mulher alta estava na varanda. Quando abri a porta, demorou alguns segundos até que ela dissesse algo.

"Boa noite, Miguel. Sou Vanda, a síndica do condomínio. Vim, em nome dos moradores, dar-lhe as boas-vindas."

"Boa noite, obrigado", eu disse.

"Vejo que ainda tem muito trabalho pela frente."

"Pois é. A transportadora acabou atrasando a entrega dos móveis."

"Peço desculpas por ter vindo essa hora", ela tratou de dizer assim que percebeu o meu desconforto. "Mas é que choveu o dia todo e só agora consegui pôr os pés fora de casa." Em seguida olhou para a taça vazia em minhas mãos.

"Aceita uma taça de vinho?", perguntei sem que nada mais me ocorresse para fazer a conversa progredir.

"Não. Obrigada. Eu não bebo. Meu corpo é santuário e morada do Espírito Santo."

Fiquei sem reação. Não disse nada. Só queria que ela se apressasse em ir embora.

Vanda voltou a inspecionar o interior da casa com os olhos, atentando-se especialmente para a parede ornamentada com várias fotografias de cemitérios.

Ninguém me ensinou a morrer

"Quer dar uma olhada nas fotos?", perguntei.

"Posso?", Wanda devolveu a pergunta já entrando na casa. Demorou observando cada uma das fotos na parede, mordendo os lábios, aproximando o rosto como se não quisesse perder nenhum detalhe. Em seguida seus olhos foram parar direto no objeto sobre a mesa. Algo que ela gostou de ver.

"Vejo que tem uma Bíblia. É bom saber que acredita em Deus. Artistas como o senhor geralmente são ateus. Fico mais aliviada."

Não havia me dado conta de que a Bíblia estava ali antes. Devo tê-la colocado nesta posição por acaso, quando procurava pelo saca-rolhas nas caixas.

"Essa Bíblia era da minha mãe. Foi a única lembrança que trouxe comigo quando ela morreu."

"Vai morar aqui sozinho?", perguntou cruzando os braços, numa atitude que demonstrava sua vontade de permanecer por mais tempo, o que me irritou.

"Sim. Moro só."

"Não tem família? Mulher, filhos?"

"Não. Olha, Vanda, eu agradeço que tenha vindo dar as boas-vindas. Muito obrigado. Mas quando você bateu na porta eu já me preparava para ir dormir, então..."

"Não se preocupe", ela me interrompeu bruscamente. "Já estou de saída. Não precisa me expulsar."

"Não é isso...", disse colocando no rosto um sorriso nervoso.

"Vim não só para transmitir as boas-vindas, mas também para lhe dar algumas orientações. É meu dever, como síndica e como mensageira de Deus, que preza pela ordem

111

e a moral neste lugar. Não toleramos bagunça nem festas profanas. Animais também não estão autorizados. Músicas são permitidas até às nove da noite, numa altura que não perturbe os outros moradores. Todos os domingos, às dezenove horas, é realizado na minha casa um culto de louvores a Deus e ao Nosso Senhor Jesus Cristo. Sinta-se convidado a comparecer. No mais, eu só desejo que vivamos todos em paz neste lugar abençoado. Boa noite."

Vanda deu as costas e foi embora sem nada mais dizer. Detestei a recepção. Quando o corretor me levou para conhecer o imóvel, não tinha falado nada a respeito. Ainda bem, refleti, senão teria desistido da compra.

Eu tentava ler um livro quando ouvi o barulho ensurdecedor de uma orquestra desafinada. Violino, bateria, saxofone e flauta acompanhados de um coro. Homens e mulheres que cantavam e clamavam com suas vozes estridentes. "Mas que inferno é esse?", disse ao me levantar, tentando identificar de onde vinha o som daqueles instrumentos. Ao olhar entre as cortinas, vi as luzes acesas na casa em frente. A julgar pelo horário, a reunião devia ser o tal culto na casa da síndica. Fechei a janela na tentativa de fazer diminuir o incômodo, mas foi em vão. Nada seria capaz de abafar aquela cantoria irritante.

Vesti uma camisa e uma calça jeans, peguei a carteira de cigarros, o isqueiro, e saí de casa. Só me restava distanciar-me, temporariamente, da sinfonia de loucos. Caminhei apressado até cruzar o portão do condomínio. Havia pouco movimento na rua. Ao acender o cigarro, atentei-me para o fato de estar sendo observado. Atrás de mim, a mais ou menos uns cinco metros, um jovem rapaz em total silêncio estava sentado no chão, com as costas no muro, os braços envolvendo as pernas dobradas, o queixo apoiado entre os joelhos

Mike Sullivan

e seus olhares fixos em mim. Tive um pequeno sobressalto. Acenei com uma das mãos no intuito de disfarçar meu espanto. O rapaz não esboçou nenhum movimento. Permaneceu na mesma posição enquanto seus olhos buscavam os meus. A luz que despencava do poste caía diretamente sobre ele, realçando os contornos de um rosto ausente de expressão. O adolescente usava uma jaqueta e calça jeans, ambos surrados e encardidos. Houvesse um fino rastro de sangue saindo de seus olhos, eu não teria dúvidas de estar diante, mais uma vez, depois de anos de trégua, da espantosa alucinação da criança insepulta.

Mas o jovem de quinze anos com cabelos castanhos encaracolados feito anjo chamava-se Davi, eu descobriria mais tarde. Nunca esquecerei aquele instante. Os deuses deveriam ter me alertado para não me envolver com essa criatura. Antes acreditei apenas no amor a enviar um sinal de acalanto: o destino (ou Deus ou a própria vida) ouvira minhas preces. Indícios do meu juízo perdido. A troca incisiva de olhares permitiu que eu interpretasse tamanha insistência como uma aparente atração por mim.

O mais sábio teria sido voltar para casa, apagar a luz e dormir até o dia amanhecer. E se a situação complicasse, deveria procurar meu advogado, vender a casa ou então analisar o que poderia ser feito quanto à anulação do contrato e devolução do dinheiro, ainda que recebesse tão somente parte do que investira na compra do imóvel. Sofreria menos se não criasse raízes naquele lugar. Mas isso só seria possível se, no momento em que os olhos de Davi me avaliavam, eu pudesse ter visto uma pequena luz do futuro. Eu não teria

Ninguém me ensinou a morrer

me lançado no abismo. Não deixaria que Davi falasse comigo. Mas ele falou e eu me prostrei diante da sua voz.

"Pode me arrumar um cigarro?", perguntou sem desgrudar os olhos de mim.

"E você lá tem idade pra fumar, garoto?", eu disse com um sorriso no rosto.

"Tenho quase dezesseis. E já fumo há mais de dois anos." Davi sorriu, fisgando-me numa espécie de feitiço poderoso. Seus dentes brancos e bem alinhados davam ao rosto de pele clara um encanto de indescritível beleza.

"Então temos armamento para uma noite inteira quase." Novamente ele riu. Depois moveu a cabeça com vigor em minha direção, depositando no olhar toda a força de persuasão que tinha certeza possuir. "Você não é o artista que fotografa cemitérios?"

"Como sabe?" Para mim era estranho ouvir da boca de um jovem desconhecido minha atuação artística ser resumida numa simples junção de palavras que, levadas a uma conversação mais aprofundada, poderiam ser facilmente expandidas para conceitos mais abrangentes e reflexivos. Aproximei-me um pouco mais. Dois passos apenas.

"Com o tempo, isso se resistir, é claro, vai notar que nesse lugar todo mundo acaba sabendo coisas da vida de todo mundo. Esse condomínio é um antro de fofocas. Vai me dar o cigarro ou não? Senta aqui. Relaxa."

"Qual o seu nome?"

"Davi. Muito prazer. O seu é Miguel, né?!"

Sentei ao lado de Davi, e passei para as mãos dele um cigarro e o isqueiro. Parte de mim dizia que eu corria perigo. Mas, ao invés de entrar em casa e procurar dormir, conti-

115

Mike Sullivan

nuei na mesma posição. Confesso que estava adorando essa artimanha do destino. Da pele de Davi recendia um cheiro excitante. O perfume de um ser em transformação – a passagem da adolescência para a vida adulta. Mas a maneira como fumava deixava claro que ele estava longe de ser uma criança. No entanto, o rosto sem pelos, as mãos sem marcas denunciavam sua pouca idade.

Por um bom tempo, permanecemos quietos, fumando e ouvindo o som estridente dos violinos desafinados que vinham do interior da casa de Vanda.

"Cara, esses cultos da minha mãe são um saco", disse Davi em visível desânimo ao pisotear a bituca do cigarro.

"Você é filho da Vanda?"

"Acertou em cheio. Aposto que você já a conheceu."

"Sim, ela foi até minha casa ontem. Dar as boas-vindas."

"É típico dela fazer isso. Mas não se engane. Tome cuidado. Minha mãe acha que manda na vida de todo mundo que mora aqui."

"Ela não se importa com o fato de você ficar aqui fora na hora do culto?", perguntei quando ele puxou da minha mão a carteira de cigarros e o isqueiro.

"E quem disse que ela sabe?", ele ironizou ao acender e tragar com fúria. "E você não vai contar, né?"

"De jeito nenhum." Não era agindo assim que eu alcançaria paz e sossego na nova casa.

"Assim como você, eu prefiro ficar aqui fora." Ele hesitou. Mas enquanto admirava seu rosto cuja beleza jamais esquecerei, eis que ouvi novamente sua voz. "Ela nem se dá conta de minha ausência. Na companhia dos outros fiéis, ela pensa ser o próprio Deus."

116

Davi nada mais disse. Com os olhos cerrados, tomado por indizível melancolia, terminou de fumar o cigarro. O som dos instrumentos musicais, a cantoria e os clamores em voz alta cessaram. O silêncio foi o aviso para que voltasse para casa. Levantou-se, agradeceu a companhia e os cigarros e atravessou o portão.

Ainda na rua, acendi outro cigarro. Sem pressa. Em frente à casa de Vanda, várias pessoas estavam reunidas, sorrindo e abraçando umas às outras. Davi juntou-se ao grupo de maneira espontânea. Ninguém pareceu ter notado sua ausência durante o culto. Vanda estava se despedindo dos fiéis. Davi foi até ela e recebeu um caloroso abraço seguido de um beijo na testa. Percebo quando ele olha diretamente para mim e pisca um dos olhos. Não sei exatamente o que aquilo quer dizer, mas estou desconcertado. Excitado. Confuso. Só atravessei o portão quando a rua da vila já estava deserta. Engoli o dobro da dose habitual de alprazolan que eu precisava para dormir e esperei pelo resultado. Cerca de quinze minutos depois, apaguei.

Acordei por volta de onze e meia da manhã no dia seguinte. Levantei-me da cama sentindo os terríveis efeitos do alprazolam em excesso. As pálpebras pesadas, dores no fundo dos olhos. Meus gestos assemelhando-se a um filme em câmera lenta. Arrastei-me até o banheiro e lavei o rosto com água fria.

Desci até a cozinha, liguei a cafeteira. Enquanto esperava, abri as janelas da casa. Em seguida enchi uma caneca de café, peguei o maço de cigarros e sentei-me nos degraus da varanda. O dia estava nublado. Fumar e tomar o café fresco pela manhã me confortavam com uma efêmera sensação de paz. Mas a calmaria diluiu-se totalmente ao ver Davi saindo de casa. Trazia pendurada num dos ombros uma mochila, vestia calça jeans e camisa xadrez com as mangas dobradas até os cotovelos. O mesmo tênis All Star da noite anterior. Os cabelos cacheados e molhados não pareciam ter sido penteados. Uma longa troca de olhares entre nós antecipou o diálogo. Davi atravessou a rua e ancorou junto ao portão da minha casa.

Mike Sullivan

"Posso passar na sua casa mais tarde? Pra ver as suas fotos?", perguntou.

"Que horas?" A voz ecoou grave e sonolenta.

"Por volta das seis. Tá bom assim?"

"Por mim tudo bem."

"Vai estar em casa?"

"Sim. Não tenho planos para hoje à noite."

"Ok, então. Agora preciso ir. Estou atrasado pra aula."

Acendi outro cigarro enquanto observava Davi distanciar-se. Acompanhado da surpresa veio um mau pressentimento. Uma coisa era encontrar-me com Davi na rua, submetendo-me à total exposição que garantia segurança. Outra era tê-lo dentro da minha casa, numa proximidade que podia ser perigosa para nós dois.

"Que merda do caralho ter concordado com essa visita", eu disse baixinho esmagando o cigarro no resto de café da caneca.

De perto Davi era ainda mais bonito. Como se eu tivesse ganhado, de uma hora para outra, o direito de contemplar uma beleza que me foi negada durante muito tempo. Davi chegou dez minutos depois do horário combinado. Não disse nada quando abri a porta e eu também fiquei quieto, a princípio. Sorri e fiz sinal com as mãos para que entrasse. Assim ele fez, se posicionando no centro da sala, próximo à parede onde eu mantinha minhas principais fotografias. Disse a ele que ficasse à vontade enquanto eu ia fazer um café.

Voltei minutos depois. Ele continuava no mesmo lugar. Pegou a caneca sem olhar para mim. Seus olhos permaneciam fixos nas fotos. Apreciei, com calma, os detalhes imperceptíveis da primeira vez. Seus lábios rosados. O nariz pequeno. Sobrancelhas grossas. A cabeleira abundante. O corpo esguio. A penugem quase invisível cobrindo os braços muito brancos. Os dedos compridos. O cheiro mentolado da juventude.

"Sua mãe sabe que você está aqui?", perguntei quebrando o silêncio.

"Você se importa com isso?", disse ele movendo o rosto em minha direção.

"Só achei que ela deveria saber."

"Fica tranquilo. Eu avisei que vinha."

"O que achou?", eu disse ao bebericar um pouco mais do café morno.

"Das fotos?", perguntou com descaso.

"Sim. Gostou?"

"São incríveis..."

"Separei outras fotos para te mostrar."

Na mesa de centro eu havia colocado diversos livros onde minhas fotos foram publicadas. Davi desabou desajeitado sobre o sofá de dois lugares. Folheou os livros rapidamente. Dessa vez não demonstrou a concentração e o entusiasmo de minutos atrás. Eu estava sentado na poltrona em frente. Meu rosto ruborizado pelo constrangimento de não saber o que falar. Quando enfim ele se entediou com a pilha de livros, passou a olhar em várias direções, perscrutando cada canto da casa, como se à procura de algo.

"Você só toma café?"

"Por quê?", perguntei fazendo-me de desentendido.

"Não teria uma cerveja?"

"Só bebo vinho."

"Vinho é bebida de viado."

"Você acha?"

"Vai o vinho mesmo", ele disse levantando os ombros.

"Olhá só, Davi. Não me leve a mal, mas acho que sua mãe não ia gostar nem um pouco se soubesse que você bebeu aqui em casa."

"Ela não precisa saber."

"Mesmo que você não conte, ela vai desconfiar. Vai notar o cheiro. Mães são boas nisso. Pode acreditar."

"Minha mãe não tá nem aí pra mim."

"Duvido."

"No coração de dona Vanda só existe espaço pra Deus." As últimas palavras saíram carregadas de ira, o que fez com que eu próprio ansiasse por uma bebida. Após a pausa cujo tempo não fui capaz de contabilizar, Davi refez o pedido. "E aí, vamos beber a porcaria desse vinho ou não?", disse estampando no rosto um fraco sorriso.

Não tive alternativa a não ser ceder. E com o passar do tempo eu notaria que um dos seus maiores atributos era me impor suas vontades. A essa altura da vida, próximo dos quarenta anos, sedento por conhecer as vicissitudes do amor, eu me curvava facilmente aos deleites de uma juventude tão arrebatadora. Perto dele eu sentia-me jovem de novo.

Abri uma garrafa e enchi uma taça para Davi e outra para mim. Imediatamente ele pegou o maço de cigarros na mesa.

"O que o fez se interessar pelas minhas fotos?" Eu precisava falar qualquer coisa.

"Sei lá... Queria ver qual era dessa parada de ganhar a vida tirando foto de cemitério."

"Ganhar a vida, você quer dizer ganhar dinheiro?"

"Sim. Pra você não fazer outra coisa eu imagino que deve ganhar muito dinheiro."

"Nem tanto." Eu ri e tratei de encher minha taça até quase transbordar. Mas não podia ficar totalmente bêbado. Precisava manter o controle. "Nem é tanto dinheiro assim, mas é o suficiente pra viver bem."

"É sinistro esse lance de ficar passeando em cemitérios. Não dá medo, não?"

"O silêncio dos cemitérios é o mais tranquilizador." Fiz uma pausa e beberiquei uma pequena quantidade do vinho. "Entre os mortos só há paz."

"Faz sentido."

"O quê?"

"Esse negócio aí que tu disse."

"Sobre a relação entre paz e morte?"

"É. E você, acredita em Deus?"

"Não sei. Acho que ainda não sei."

"Então não tem certeza se Ele existe?"

"Pode ser que sim."

"Minha mãe disse que você acredita."

"Como assim?"

"Por causa da Bíblia que ela viu aqui."

"É só uma lembrança. Pertencia à minha mãe. Quando ela morreu, eu trouxe comigo como recordação."

"Mamãe quer que eu acredite em Deus de qualquer maneira."

Mike Sullivan

"Isso quer dizer que você também não tem uma resolução formada sobre o assunto."

"Basicamente."

"Vocês se dão bem? Digo, você e sua mãe."

"Mais ou menos. Sua dedicação integral a Deus nos afasta um pouco. E ela me conta histórias esquisitas, meio sem pé nem cabeça."

"Tipo o quê?"

"Uma vez mamãe me disse que eu sou o filho que os santos viram nascer. Segundo ela meu nascimento foi um milagre, tipo o cumprimento de uma profecia. O nascimento daquele que está predestinado à salvação. Como pode ver, não sou porra nenhuma disso aí que ela diz." Ele riu, mas voltou a ficar sério em questão de segundos. "Às vezes eu fico bolado... Ela diz com tanta convicção que chego a pensar que sou de fato alguém especial."

"Nascimento e morte são os dois grandes mistérios da vida", eu disse como quem não tem nada a dizer. Apenas para corroborar com a comoção que tomou conta dos olhos do rapaz. Tive dúvidas se parte daquela emoção se deu pelo que foi dito ou pelo vinho circulando em alta voltagem pelo seu sangue. "Quer água? É bom beber água junto com o vinho."

"Quero sim."

Fui à cozinha e trouxe dois copos e uma jarra de água. Davi bebeu um copo cheio num gole só, como quem tem pressa de saciar um profundo desejo. Bateu com força o fundo do copo sobre o tampo de vidro da mesa de centro. Depois perguntou se podia usar o banheiro.

Não demorou muito para voltar e sentar-se no mesmo lugar de antes. Visivelmente mais à vontade, encheu sua taça de vinho até a metade e sorriu debilmente.

"Você está bem?", perguntei, preocupado. "Não deveria beber mais."

"Pode ficar tranquilo. Estou bem. Só mais essa taça. E mais um cigarro, claro."

Ele não demorou a ir embora. Confesso que apesar de estar gostando da companhia, fiquei aliviado quando, depois de beber três copos de água e mais uma ida ao banheiro, Davi deixou minha casa. Parecia estar bem. Seus passos até a porta eram firmes e não denunciavam nenhum sinal de embriaguez.

Eu bem sabia que teria sérios problemas pra dormir naquela noite. Só havia duas soluções: encher a cara de vinho ou ingerir três comprimidos de alprazolam.

Antes de deitar, toquei uma punheta pensando em Davi. Depois do gozo, a vergonha e o arrependimento. Como podia me masturbar pensando num garoto que tinha idade para ser meu filho?

Já no quarto, ao acender o abajur ao lado da cama, contemplei, com temor, a Bíblia de mamãe sobre o criado-mudo, aberta num trecho específico. Não faço ideia de como ela foi parar ali. Em destaque encontrava-se um versículo grifado (provavelmente pela minha mãe) com caneta marca-texto. Li em voz alta: "*A candeia do corpo são os olhos; de sorte que, se os teus olhos forem bons todo o teu corpo terá luz. Se, porém, os teus olhos forem maus, o teu corpo será tenebroso. Se, portanto, a luz que em ti há são trevas, quão grandes serão tais trevas.*"

Mike Sullivan

Fechei a Bíblia com extrema rapidez e a escondi dentro da gaveta do criado-mudo. Recorri ao vinho para conseguir dormir naquela noite, o que só foi acontecer depois das duas da madrugada.

Demorou uma semana para que Davi voltasse a me visitar. Sem avisar, chegou por volta das oito da noite. Eu bebia vinho. A garrafa já pela metade. Davi não recusou quando eu ofereci uma taça. Vendo-o beber, entristeceu-me o pressentimento de que era a liberdade para provar do álcool o principal motivo da sua vinda. Perguntei o que ele disse à mãe dessa vez, para vir à minha casa. Davi me explicou que Vanda está na Santa Casa, fazendo visitas aos irmãos enfermos. Apressa-se em dizer que ela costuma demorar horas nessas orações. Às vezes, a noite toda.

Passados os primeiros minutos, apoiou a taça sobre a mesinha de centro e acendeu um cigarro. Ao recostar-se no sofá, me olhou como se fôssemos amigos de muito tempo e voltou a falar de coisas particulares:

"Ultimamente tenho tido um sonho que se repete." Fez uma pausa para pegar a taça e bebericar o vinho. "Nesse sonho estou com minha mãe dentro de um ônibus lotado. Eu seguro firme na mão dela. Naquele momento estamos mais unidos que nunca – estar fora da igreja nos aproxima. Mas essa viagem será um instante de despedida para todo o sempre. Eu..."

Em determinado ponto da conversa, já não sou mais capaz de prestar atenção. Meus olhos, vidrados nele, transformam-se em lentes fotográficas que registram com eficácia tudo que se coloca diante de mim. Pisco em intervalos longos, como se estivesse apertando o botão da máquina fotográfica, após escolher o ângulo perfeito, a melhor posição. Davi não para de falar. Só volto a ouvi-lo quando acendo um cigarro e encho minha taça, esvaziando totalmente a garrafa.

"Ninguém ali dentro daquele ônibus está preparado para o fim trágico, uma viagem que nos levará para outro mundo..."

Não faço a mínima ideia do que está dizendo. Já não ouço mais os detalhes daquele sonho recorrente que ele insiste em contar. Vejo cair sobre a sala uma luminosidade pastosa, que acredito vir do efeito do vinho e dos dois baseados que fumei antes da chegada de Davi. Estou um pouco alto, mas quero aproveitar cada minuto desse encontro para guardar na memória a beleza infinda da juventude posta à minha frente. Estou em paz e ansioso ao mesmo tempo. Davi me fascina. Não nego que naquele instante o que eu mais queria era saltar de onde estava e sentar-me próximo a ele, numa posição em que sua fragrância mentolada me excitaria ainda mais. Bebo o restante do vinho. Dos lábios rosados de Davi ainda saem palavras cuja vibração me passa a ideia de veracidade.

"Tudo foi muito rápido. Numa curva fechada, o ônibus derrapou e caiu numa ribanceira. Uma gritaria sem fim. As pessoas sendo jogadas umas sobre as outras, tentando em vão agarrar-se a alguma coisa. O ônibus mergulhou direto no fundo de um lago, lá embaixo, no fim do abismo..."

Estou a um passo de ceder à tentação de me sentar ao lado de Davi, mas o medo da rejeição me paralisa.

"Eu estou morto. No fundo do lago eu estou morto. Foi necessária uma máquina para puxar o ônibus à superfície. Bombeiros e mergulhadores trabalharam na busca por sobreviventes. As notícias que traziam eram desanimadoras. Todos mortos. Nenhum sobrevivente."

É necessário não mais do que um minuto para se apaixonar. Um sentimento que não passa pelo crivo da razão. Eu me sentia um bobo. Alguém que se rende aos encantos de outro ser que, de maneira intencional ou não, tem poder de afastar temporariamente as dores da solidão. A atenção que Davi me dispensou, a intimidade para me contar seus segredos, a confiança para fumar e beber sem medo apontavam para o início de uma amizade verdadeira. Assim eu queria acreditar. Então, agindo com calma, e resistindo à tentação, respiro profundamente e me esforço para ouvir o que ele estava dizendo.

"Com o ônibus na margem, os corpos foram sendo retirados e colocados um ao lado do outro. Só que eu ainda respirava, mesmo depois de tanto tempo submerso. Uma mulher grita ao descobrir que estou vivo. Ela tem medo. Eu havia ressuscitado. É esse o sonho que me persegue quase todas as noites." Ele acendeu outro cigarro e bocejou demoradamente. "E o que achou do meu sonho?"

"Seu sonho..." Fiz uma pausa, forçando-me a lembrar. Ruborizado, desviei o olhar para a janela. E como se visse meu desespero, Davi voltou a falar.

"No sonho, eu morri e ressuscitei."

Mike Sullivan

"Seria fantástico se pudesse ser assim." É só o que consigo dizer.

"Você falou que a Bíblia é uma recordação da sua mãe. E seu pai? Você tem pai?", perguntou Davi.

"Não, meu pai morreu antes da minha mãe."

"Seu pai morreu do quê?"

"Meu pai?"

"Isso. Seu pai morreu do quê?

"Ah, sim." Penso que a noite iria se arrastar nessa conversação de idiotas – eu parecendo um retardado com amnésia e Davi me lembrando das coisas o tempo todo. Poderia pedir que ele fosse embora com a justificativa de que estava ficando tarde e sua mãe pudesse chegar a qualquer momento. Mas levado por um descabido impulso de tê-lo perto por mais alguns minutos, trato de dar continuidade ao papo, prolongando assim sua visita. "Papai morreu de câncer no esôfago. Nada pôde ser feito. Infelizmente." Estou quase chorando. Falar do meu pai me comove em qualquer situação.

"Pelo jeito você gostava muito dele..."

"Gostava tanto que acabei sendo influenciado por ele."

"Como assim?" Empolgado, não sei se com a história ou se por estar gostando de apreciar o espetáculo de um homem bêbado, Davi acende novo cigarro.

"Meu pai era coveiro", digo e aguardo a reação. E como acontece com todas as pessoas a quem confidencio essa história, observo em Davi um misto de admiração e espanto.

"Por isso está tão acostumado aos cemitérios?"

"Acho que sim. Acompanhava meu pai nos sepultamentos. Encantei-me pelo silêncio dos cemitérios, pelo respeito aos mortos consumado à beira das covas. Me fascinaram

Ninguém me ensinou a morrer

também as construções encimando os sepulcros. Depois que papai morreu, continuei peregrinando naquela necrópole onde ele trabalhou muitos anos, mas a magia que a presença dele impunha ao ritual de lacrar um corpo à sepultura perdeu o encanto."

"E como surgiu a ideia de fotografar?"

"A fotografia surgiu na adolescência. Uma amiga da família me presenteou com uma câmera..." De repente me peguei sem vontade de prosseguir com essa conversa imbuída de pura nostalgia. Respirando cansaço, calei-me por um momento, até que resolvi falar novamente.

"Guardo comigo um grande segredo, Davi." Sob o efeito do álcool e da maconha eu ficava à mercê de uma falta de censura quanto ao que saía da minha boca. Poderia falar de qualquer coisa sem reservas. E levando em conta que Davi havia me contado um segredo, me senti à vontade para falar sobre uma particularidade minha. Algo que nunca comentei com ninguém – o fantasma da criança que vertia sangue dos olhos assomou meus lábios esbranquiçados. Estava a ponto de dizer quando fui interrompido.

"Eu até já sei o que tem pra me contar", disse ele entre sorrisos que nitidamente pretendiam disfarçar certo nervosismo.

"Sabe?"

"Você é bicha. Acertei?"

"Bicha", repeti baixinho. Desde criança acho essa palavra tão feia e tão imprópria para adjetivar um homossexual que chego a sentir a mesma dor dos tempos de escola quando um coleguinha me classificava assim, aos berros.

131

"Acertei, cara? Pode dizer", ele insistiu ao me ver cabisbaixo.

Ergui a cabeça devagar.

"Alguém fez algum comentário?"

"Não. Mas eu notei assim que te vi pela primeira vez."

"E você se importa com isso?", perguntei me sentindo envergonhado, ignorando completamente o real motivo do meu constrangimento.

"Fica tranquilo, Miguel. Tô nem aí, cara. Você é um cara legal."

Nesse momento, imaginei se Davi desconfiava do meu tesão por ele. Caso soubesse continuaria a frequentar minha casa, conversar comigo feito dois bons amigos?

"Sim, eu sou gay, Davi. Mas não era isso que eu ia contar."

"Fala aí, então, o que era?"

"Hoje não. Outro dia te conto. Se não se importar, queria que fosse embora agora. Está ficando tarde. Preciso descansar um pouco."

"Ficou chateado comigo?"

"Não. É só cansaço mesmo."

"Tem certeza? Não ficou chateado porque eu disse que você é bicha, né?"

"De jeito nenhum", tentei negar, mas não conseguia disfarçar meu dissabor.

Davi não carregava no rosto nenhuma expressão que denotava arrependimento em relação ao que tinha acabado de dizer. Fumou mais um cigarro às pressas, despediu-se com um "boa noite" animado e completou dizendo que voltaria pra gente continuar a conversa.

Nas duas semanas que se seguiram, evitei Davi. Não saía à rua durante o dia e fingi não estar em casa ao ouvi-lo bater na porta. Estava muito confuso. Atraído por ele, eu temia cair numa emboscada. O que será que esse garoto via em mim? Quais os reais motivos que o faziam se aproximar? Queria entender essas questões e decidi manter distância por um tempo.

O afastamento, porém, durou pouco. Dias depois, numa conversa cujo teor das declarações íntimas superou os encontros anteriores, deparei-me com confissões e comportamentos estranhos de Davi, que poderiam ter causado um distanciamento perpétuo, mas, como um divisor de águas, nos uniram ainda mais.

No silêncio inicial que se formou entre a gente, Davi puxou do bolso da camisa xadrez um pequeno papel de seda cortado corretamente na forma de um quadrado uniforme. Enfiou novamente os dedos no bolso e trouxe, preso a eles, uma trouxinha. E, mesmo sendo eu um usuário de maconha desde muito tempo, fiquei surpreso ao contemplar aquela cena. Quando nossos olhares se cruzaram, eu tive a nítida impressão de que ele fazia tudo aquilo só para provocar. Mas não disse nada. Tratei apenas de observar Davi desenvolvendo didaticamente os passos fundamentais para ter em mãos um perfeito baseado. Desatado o nó na ponta da trouxinha, ele deixou cair sobre o papel de seda a erva densa e escura. Enrolou com cuidado o baseado, passou a língua por toda a extensão de uma das bordas do papel e finalmente completou o filete. O cheiro da erva espalhou-se pelo ambiente.

"Há quanto tempo você fuma isso?"

"Sei lá. Tem um tempinho."

Percebo que ele desconfia de minha pergunta moralista. Mas não se intimida. Traga profundamente. Prende a respiração o máximo que pode e depois solta a fumaça devagar, com os olhos fechados, deixando desabrochar um sorriso.

"Vai querer experimentar?", insinuou.

"Não. Obrigado."

"Olha, cara, não sou nenhum viciado. Só fumo de vez em quando."

"Eu também gosto de maconha. Mas na sua idade é preocupante. Não deveria começar tão cedo."

Ele traga lentamente mais três vezes. Sua fala está mais arrastada e seus olhos exibem um furor de sangue e fogo.

"Abre um vinho daqueles aí pra gente".

Vou à dispensa e volto para sala com um *malbec* argentino e duas taças. Davi bebeu rápido dessa vez. Suas mãos tremiam. Eu, ao contrário, bebi devagar. Enquanto observava o garoto cada vez mais à vontade no sofá, meu pau, por baixo da calça, dava sinais de vida e pulsava forte. Enquanto ele degustava o vinho, não resisti e peguei um pouco da maconha dele e fiz um baseado pra mim.

Davi sorri. Engole quantidade generosa de vinho após encher novamente a taça. A essa altura já está bastante alterado. Ao tragar o último resquício de maconha, voltou a me encarar. O que ele me diz a seguir é o primeiro sinal de um corpo a germinar loucura:

"Cara, preciso te contar outro segredo. Gosto de bater punheta assistindo filmes de guerra."

"Filmes de guerra?"

"Sim. Já assisti quase todos. *A Ponte do Rio Kwai*, *Agonia e Glória*, *Platton*, *A Grande Ilusão*, *Waterloo*, *A Lista de Schindler*, *Tempo de Glória*, *Sem Novidade no Front*, *Apocalypse Now*, *Glória feita de Sangue*. E toda vez meu pau fica duro. Pessoas morrendo, sons de tiros, granadas, membros sendo arrancados por estilhaços, crianças correndo, mulheres chorando, soldados com roupas sujas mascando chicletes sem sabor, cuspindo no chão o gosto de uma luta sem fim. Tudo isso me excita. Chego a bater mais de uma punheta durante um filme."

Ele sorri debilmente como se pouco se importasse com o meu julgamento. Não sei até que ponto aquela declaração é verdadeira. Com que propósito me dizia tais coisas? Até hoje não sei.

"Enquanto outros morrem e eu estou vivo, permaneço eterno", reflito em voz alta.

"O que disse?", pergunta Davi enquanto termina de enrolar outro baseado.

"Não foi nada. Quer dizer, nada que se deva levar em consideração." Estou nervoso, sentindo-me devorado pela letargia imposta pela maconha. Mesmo assim peço a Davi que prepare outro baseado para mim. E insisto em beber mais vinho.

"Tem a ver com o segredo que ia me contar outro dia?"

"Pensei que tivesse esquecido essa história." Acendo o baseado e trago lentamente.

"Vai me contar ou não? Já te falei vários segredos meus. Agora é sua vez."

"Vejo com certa regularidade a imagem de uma criança que chora lágrimas de sangue." As palavras demoram alguns segundos para provocar reação em Davi.

"Tipo uma alucinação?"

"Sim. Um fantasma."

"Mas só quando tá chapado?"

"Não."

"Caralho. Isso é muito foda", disse olhando à volta. "Essa criança... Tá aqui agora? Pode vê-la nesse momento?"

"Não obedece à minha vontade. É um processo involuntário. Ela que escolhe quando aparecer, não eu."

"Muito louco." Davi sorri enquanto esvazia a garrafa de vinho enchendo sua taça. Não consigo sorrir, mesmo tentando.

"Pode crer."

"Tem muito tempo que isso acontece?"

"Desde que me entendo por gente. Só não sei dizer com precisão o momento em que a vi pela primeira vez."

"Deve ser assustador conviver com um fantasma. Você não tem medo?"

"Às vezes."

"E se ela estiver tentando se comunicar?"

"Não diga bobagens."

"É sério, cara."

"Deixa isso pra lá, Davi. Só contei porque me senti à vontade para compartilhar com alguém esse detalhe da minha vida. Mas não quero que fique impressionado com isso. Esquecer é a melhor coisa que você faz."

"Esse fantasma aí pode muito bem ter encontrado em você o canal para transmitir um recado, sei lá. Você já tentou conversar com ele?"

"Não, nunca." Arrependo-me de ter aberto a boca para revelar sobre a criança.

"Então... Veja bem: você é filho de um coveiro. Nasceu e cresceu praticamente dentro de um cemitério. Hoje, ganha a vida tirando fotos de sepulturas, ou seja, a morte te ronda o tempo todo, cara."

"Tu tá chapado, moleque?!"

"Você precisa descobrir a origem dessa criança, Miguel."

"E como farei isso? Não faz sentido."

"Pensei numa parada aqui. Tenho um palpite. A criança pode estar enterrada no cemitério onde seu pai trabalhava."

"Insisto que é melhor esquecer essa história, Davi", tento mais uma vez dissuadi-lo.

"Fica muito longe daqui? O cemitério?"

"Espera aí. Você não tá querendo que eu vá..."

"Hoje não. Claro que não. Mas que tal se a gente fosse lá outro dia? Eu e você. Tipo uma investigação. Vai ser maneiro."

"Você não tá bem, garoto. Tá muito louco. Não tem noção do que tá dizendo." Começo a sorrir ante o absurdo da proposta.

Mike Sullivan

"Sei lá. Esse fantasma só vai te deixar em paz no dia em que você descobrir o que ele tá querendo te dizer. Acho que deveria pensar melhor."

Prometo que vou pensar apenas para que Davi não insista mais, e lhe digo que já está na hora de ir para sua casa. Assim que o ouço fechar a porta, olho para o meu relógio de pulso. São quase nove horas da noite. A essa hora só há um lugar para o qual eu possa ir. E é isso o que eu faço. Lavo o rosto na água fria, pego as chaves do carro e desço até a garagem.

Dos olhos febris de Pietro recebo de volta a mesma interrogação que me faço ao narrar em detalhes os acontecimentos dos últimos dias: até que ponto uma palavra pode expressar, em total fidelidade, um sentimento? Até que ponto a linguagem é o bastante para, simplesmente, dizer o que sentimos?

Eu e Pietro bebíamos sozinhos no interior do bar. Já não havia mais nenhum cliente. Segunda-feira era o dia de pior movimento. Assim que cheguei, depois de dirigir por mais de uma hora, ajudei meu velho amigo a guardar as mesas dentro do bar e abaixar as portas de aço. Em seguida sentamos nos bancos altos do balcão. Pietro serviu a melhor cachaça do pequeno estoque.

Tudo ali era terrível e revigorante. Paredes sujas deixavam em evidência as marcas de um mundo em constante desgraça. Os restos de cerveja derramados no chão e o cheiro de mijo que vinha do banheiro mal lavado tornavam o lugar a pátria dos que não tinham vez no mundo.

Fazendo algumas pausas apenas para provar da cachaça forte e tragar um cigarro, relatei a Pietro a confusão que se passava pela minha cabeça depois que percebi que estava atraído por um adolescente de quinze anos. Pietro não se pronunciou enquanto eu falava. Seus olhos vermelhos, cansados da rotina solitária e que não o conduzia a nenhum patamar de progresso, pareciam querer fechar a qualquer momento. Por um instante pensei em ir embora e deixá-lo descansar.

"Esse garoto não bate bem da cabeça, Miguel", ele disse em profundo desprezo ao juntar as mãos sobre o balcão. Não deu indícios de se comover com a história que ouviu. "Se eu fosse você, me afastaria dele o quanto antes. Esse garoto pode lhe trazer sérios problemas. Ainda mais sendo filho dessa mulher aí." O hálito ruim de Pietro recendia a café requentado misturado com cachaça.

"O pior é que eu sei de tudo isso, Pietro."

"Então já sabe o que fazer. Não precisa que eu te diga."

"Afastar-se dessa família é a única maneira de evitar que eu vá para cama com esse garoto, mas ao mesmo tempo eu tenho vontade. E tenho medo também."

"Olha, não estou aqui para fazer um discurso moralista. Aliás, quem sou eu para dizer qualquer coisa. Não sou bom exemplo da moral e dos bons costumes. Só estou tentando te mostrar o melhor caminho para evitar sofrimentos no futuro."

"Talvez seja a vida me dando a chance de conhecer o amor..." Reconheço o tom piegas e idiota que aquele tipo de declaração fez ressoar no ambiente. Mesmo assim deposito nessa confissão um desejo profético de que ela se torne uma súplica a tocar a misericórdia de todos os deuses possíveis à humanidade.

"Ah, por favor! Que amor, cara? Que merda de chance você tá falando? Você só está sentindo tesão pelo moleque, porra."

"Mas não é só atração física. Eu penso em Davi o tempo todo. Ele tá me deixando maluco."

"Eu o conheço muito bem, Miguel. É essa sua carência que está fazendo você sentir tudo isso por esse garoto. Poderia ser Davi como poderia ser qualquer outro que concedesse a você um pouquinho de atenção."

"Não acha que devo ao menos tentar?"

"E você acha que ele vai querer?"

"Já não tenho certeza de mais nada. Fico me perguntando o que o faz querer me visitar."

"Bom, nesse aspecto você é mais entendido que eu. O que me assusta é ele ser filho de uma líder religiosa cristã. E veja bem", Pietro hesita, "acha normal um garoto de quinze anos lhe dizer tais coisas?"

"Eu não sei... Sinceramente não sei."

"A mim me parece mais um garoto perturbado."

"O que eu faço, meu amigo?"

"Você quer tanto amar alguém que acredita ser Davi o grande amor com o qual a vida está te presenteando."

"Eu só não quero me arrepender depois, Pietro."

"Mas que garantias você tem de que desse encontro poderá sair o relacionamento perfeito que tanto espera?"

"Nenhuma garantia. Não tenho nenhuma garantia."

"Vou fumar um beck. Quer?"

"Hoje não é noite pra dispensar maconha."

Pietro retirou do bolso da camisa um baseado pronto. Arrancou a ponta do papel de seda e riscou o isqueiro. O cheiro da erva queimada logo se apropriou do salão semiescuro. Pietro tragou primeiro, passando em seguida para mim. Enquanto fumamos, predominou o silêncio.

"Niestzche tinha razão quando disse que, ao olhar por muito tempo para o abismo, o abismo olha pra você. Eu estou olhando para o abismo e o vejo cravando seus olhos em mim", falei à procura de uma dose de cachaça. É Pietro quem pega a garrafa quase no fim e despeja o restante em ambos os copos.

"E é bem verdade também aquele dito popular que diz que um abismo puxa outro abismo."

"Não vem da Bíblia isso?", soltei uma risada espontânea ao perguntar.

"Sei lá de onde vem essa merda. Mas é a mais pura verdade."

Bebi o último gole de cachaça. A aguardente desceu queimando garganta e estômago. Estava cansado, levemente embriagado e com sono. Ao olhar atentamente para Pietro, percebi que nunca antes vira tamanha tristeza exposta na face férrea do amigo de longa data. Passava da meia-noite e a estrada de volta para casa me esperava.

"Se me permite um conselho, meu amigo...", Pietro insistia. "Vá viver a vida. Tente extrair o melhor que ela tem a oferecer. Viaje, conheça gente, faça amigos. Se embrenhe por novos projetos de fotografia. Não perca tempo. Se não posso proibir que se envolva com esse moleque, ao menos leve em consideração minhas recomendações. Você é um artista talentoso. Garanto que existem pessoas que adorariam usufruir da sua companhia. É impossível não gostar

Mike Sullivan

de você, Miguel. E no fim só estará do seu lado quem realmente importa. Quantos amigos você tem?"

Constrangido pela resposta que Pietro já sabe, me restringi a ficar cabisbaixo.

"Sou seu único amigo, não é mesmo?! Isso não está certo. Esqueça o passado, o suicídio da sua mãe, o preconceito, os abandonos, a depressão. E não se prenda tanto à idade. Envelhecer é um aborrecimento pra todo mundo. Pense o seguinte: não é a velhice que nos aproxima da morte, mas o simples fato de nascer."

"Obrigado pelos conselhos, Pietro, mas preciso ir agora."

"De jeito nenhum. Não vou deixar você dirigir assim."

"Estou bem."

"Olhe só pra você. Tá que não se aguenta em pé. Vai dormir aqui. Tem um lugar no sofá da sala. Amanhã cedo, se quiser, pode ir embora."

"Não vai abusar de mim?", sorri ao erguer o corpo frágil e desorientado.

"Não. Pode acreditar. Hoje nenhum de nós dois está a fim. Certo?"

"Certo", eu disse.

Deixei a casa de Pietro assim que fui despertado pela luz do sol que, perpassando a janela aberta e sem cortinas, tocou bravamente o meu rosto. Esfreguei os olhos, encarando o teto, esperando dele as respostas para as dúvidas ainda existentes. Màs por ora não queria pensar em nada. Um efeito tardio da maconha me deixava lento. Demorei a erguer-me e a reconhecer o lugar.

Da sala eu escutava os roncos de Pietro, de dentro do quarto, mesmo com a porta fechada. Imaginei que estivesse num sono profundo. Decidi não o acordar. No meio da bagunça, encontrei um pedaço de papel e um lápis. Escrevi, em poucas palavras, que ligaria mais tarde, não esquecendo de agradecer mais uma vez. Lavei o rosto na água fria, evitando encarar o espelho. Ajeitei o bilhete sobre o sofá antes de sair. A cabeça doía levemente e meus passos eram desajeitados.

Tomei um banho frio tão logo pus os pés dentro de casa. Por quase meia hora, permaneci sob a ducha, estático, ainda num exercício de não pensar em nada, procurando recuperar a energia e expurgar o torpor de uma noite regada à bebida, maconha e conversas filosóficas de bar.

Depois me afundei no sofá da sala tendo em mãos uma caneca de café fumegante que acalentava o meu ser atordoado por uma estranha depressão naquela manhã de sol forte. Sentado no mesmo lugar da noite passada, de frente para o sofá onde, por todas as horas em que esteve ali, Davi se manteve a me observar, já não era mais possível não pensar em nada. A enxurrada de sensações e pensamentos afundou meu corpo ainda mais como se duas pesadas bigornas tivessem sido postas sobre cada um de meus ombros.

Deitei meus olhos sobre o sofá vazio e o perfume de menta e alecrim queimou meu senso de juízo. Que Davi fosse a minha morte, o meu fim, a minha desgraça, isso pouco significava. Ainda que o inferno escancarasse todas as suas portas, eu não sossegaria. Estou ansioso para revê-lo.

Não sabia se, por decisão minha ou por pura imposição de uma força misteriosa, eu me excluíra do mundo, vivendo sozinho, aprisionado em um corpo que julgava ser impróprio para meus desejos mais secretos. Abandonei desde muito cedo as razões para acreditar em Deus, mas não conseguia negar a existência de algo capaz de fornecer o equilíbrio necessário ao surgimento e à manutenção da vida na Terra. Por mais que acreditasse na ideia de liberdade do ser, tornei-me um discípulo da clausura, temendo reconhecer e aceitar minha homossexualidade. Estava com quase quarenta anos e era como se ainda não tivesse formado uma identidade própria. Apesar do desejo, da carência, da absoluta certeza de não sentir atração nenhuma pelo sexo oposto, eu não ousava ser livre para aceitar minha condição.

Eu estava quase pegando no sono, quando ouvi batidas na porta. Levantei com a impressão de despertar de um sonho confuso. Talvez fosse Davi, pensei, animado com a possibilidade. Mas ao abrir a porta, deparei com Vanda. Ela tinha nas mãos um prato com pedaços de bolo.

"Olá, Miguel. Desculpe-me, mais uma vez, por vir sem avisar, mas achei por bem reparar a má impressão que acredito ter deixado no nosso primeiro encontro."

"Olá, Vanda. Não tem porque se desculpar."

"Trouxe bolo. Tá fresquinho. Fiz agora pela manhã. Posso entrar e te servir?"

Eu poderia ter inventado uma desculpa qualquer para não deixar. Algo me dizia que nada de bom haveria de vir daquela mulher de aspecto e caráter duvidosos. Mas enquanto esperava pela minha resposta, ela sorriu e se aproximou dois passos, com olhares neutros, num rosto isento

Ninguém me ensinou a morrer

de expressão. Tive a nítida sensação de estar a contemplar outra Vanda, envolta por comovedora beleza, ao mesmo tempo corajosa e um tanto assustada.

"Entre", eu disse escancarando a porta. "Posso fazer mais café."

"Se não for incomodar."

"Num minuto eu preparo. Sente-se."

Esperei que Vanda se acomodasse à mesa para ir à cozinha passar um novo café. Ela demonstrava estar tão constrangida quanto eu. Não sei que tipo de conversa poderia surgir entre nós. A princípio não tínhamos nada em comum.

Provamos do bolo enquanto bebíamos, calados, o café fumegante cuja fumaça que se desprendia me fez ansiar por um cigarro. Por respeito à visita de Vanda, resisti, temporariamente.

"Davi me contou que esteve aqui algumas vezes."

"Sim. Ele demonstrou interesse pelas minhas fotos." Nada mais inteligente me veio à cabeça.

"Eu quero te agradecer por isso."

"Pelo quê?"

"Davi confessou ter gostado muito de você. Disse que conversaram sobre muitas coisas, inclusive sobre Deus e sobre a morte."

"Conversamos sim." Eu queria desesperadamente, mais do que nunca, um cigarro. Estava nervoso. Não queria falar de Davi e não sabia exatamente o que ele tinha contado para a mãe. Ela podia estar blefando. Porém, no rosto de Vanda só identifiquei a suavidade de traços que me reme-

Mike Sullivan

tiam a uma declaração honesta. De repente, ela olhou para o maço de cigarros na mesa.

"Se incomoda se eu te pedir um cigarro?", perguntou.

"Não imaginei que você fumasse."

"Deixei de fumar quando me batizei, mas de vez em quando... É um vício difícil de largar. Comecei aos quinze anos."

"Também fumo desde a adolescência", disse, aliviado e desconfiado ao mesmo tempo, enquanto me levantava para buscar o isqueiro que estava sobre o sofá.

Vanda acendeu o cigarro e tragou com vontade, soltando a fumaça e suspirando extenuada. Ela esperou eu acender o meu para só então voltar a falar.

"E as fotografias? Começou cedo também?"

Ela olhava para a parede onde estão pendurados os quadros e, somente quando voltou a cravar seus olhos grandes em mim é que decidi falar.

"O apreço pelas obras esquecidas nos cemitérios teve início na minha infância, mas o reconhecimento pelas fotografias veio só depois dos vinte anos, quando comecei a levar a sério a responsabilidade de comover as pessoas com a arte sepulcral."

"E como se deu isso?", ela me perguntou demonstrando inegável interesse.

"Meu pai era coveiro. E sendo filho de um homem cujo trabalho se concentrava num cemitério, era natural o meu fascínio. Foi dele que herdei a capacidade de observar, sem medo, a beleza por trás dos mistérios da morte. Existe uma espécie de encantamento em tudo que diz respeito à finitude humana."

"Eu imagino que sim. Mas você também deve saber que há um preço a pagar quando se envolve com questões relacionadas à morte, não?"

"Não vejo sentido no que diz."

"Perde-se em vida o tempo que se dedica à morte."

Nesse momento percebi que eu e Vanda até parecíamos partilhar de coisas em comum. Ambos trazíamos as marcas de um passado que desejaríamos sepultar. Vanda deveria ter sido muito bonita, mas o que restou no seu rosto, isento de maquiagem, foram vestígios de uma vaidade apagada pela religião. Quando voltou a falar, não tive dúvidas de que éramos completamente diferentes.

"Sabe, Miguel, de seus olhos emana uma intensa melancolia."

"A tristeza que trago comigo vem de tempos imemoriais. O mais correto seria dizer que a melancolia é que fez surgir a atração pela morte e não o contrário."

"Sou capaz de apostar que já pensou em se suicidar."

"Penso nisso todos os dias."

"O suicídio é abominável aos olhos de Deus, Miguel."

"Não veio até aqui para me pregar um sermão, não é mesmo?", eu fiz surgir no rosto o meu melhor sorriso. Não pretendia falar sobre Deus, mas também não queria ser grosseiro.

"De jeito nenhum. Mas sinto que Deus quer que eu lhe transmita uma mensagem."

Tamanha pretensão me irritou, mas como não sou de dispensar uma boa discussão deixei-a livre para falar. O mistério dava certo fascínio àquelas palavras.

Mike Sullivan

"Dá para ver nos seus olhos as marcas de uma alma sofrida e amargurada, Miguel."

"Parece conhecer muito a meu respeito."

"Sei somente o que Deus quer que eu saiba."

"Há muito tempo deixei de acreditar em Deus."

"Será que deixou mesmo?"

"Onde quer chegar, Vanda?"

"Quando lutamos obstinadamente para provar que algo não existe é porque acreditamos nele mais do que ninguém. Sua luta diária para negar Deus só mostra o quanto ele está presente em você. Por que gastar tanta energia tentando apagar de sua mente uma verdade que não pode se esvair, ainda que deseje isso o tempo todo? Está na hora de descansar desse sacrifício doloroso e inútil, Miguel."

"A religião só existe porque somos mortais, Vanda. Consequentemente, numa forma de autodefesa, nossa mente teve de inventar uma vida melhor após o fim para tornar o morrer menos doloroso."

"É só nisso que acredita?"

"Com relação à morte, acredito que tudo o que nos resta é o mistério do desconhecido. Quanto à existência humana, creio numa força superior, uma espécie de energia geradora de tudo o que se move na terra e no universo."

"O que você denomina energia e natureza eu classifico como Deus, Miguel. Não estaríamos falando sobre a mesma força? Por que é tão difícil aceitar a existência de Deus? Sua mente só vai encontrar sossego quando perdoar a si próprio. Tire dos ombros o peso das explicações que você tanto busca para justificar quem é."

148

Não manifestei indignação. Fez-se silêncio. Com receios, Vanda só prosseguiu um curto tempo depois.

"As pessoas se acostumam com o sofrimento. Preferem viver no aconchego da dor, pelo menos assim tem algo em que se agarrar. É como se a tristeza e a angústia fossem tudo o que possuíssem de verdade."

"Acredita na felicidade, Vanda? Tem uma vida feliz?", me arrisco na pergunta.

"Desde criança somos condicionados a viver uma vida sob efeito de ilusões. A negação, em parte, da realidade e a introjeção de certas fantasias nos protegem do terrível sofrimento da existência humana. Não podemos esquecer de que nascemos sós e morremos sós. Eu desconfio que você não saiba o quão terrível é o espírito da morte", ela disse, desviando o olhar para algum canto obscuro daquela sala.

"Do que exatamente estamos falando, Vanda?"

Ela hesita alguns segundos. "Pode me emprestar a Bíblia um minuto? Só quero te mostrar uma passagem. Depois disso prometo ir embora."

"Eu nem sei onde está minha Bíblia."

"Não seria aquela ali?".

Olhei com expressão de assombro a Bíblia sobre o sofá, em clara demonstração de perseguição. Coloquei-a em cima da mesa, não porque estivesse interessado em leituras bíblicas, mas porque estava empolgado com a expectativa de me livrar daquela mulher. Já havíamos conversado demais.

Eu a vejo folhear a Bíblia até encontrar o trecho que procurava e, em seguida, lê-lo em voz alta: *Porque estou certo de que nem a morte nem a vida, nem os anjos, nem os principados, nem a altura, nem a profundidade, nem alguma outra*

Mike Sullivan

criatura nos poderá separar do amor de Deus, que está em Cristo Jesus, nosso Senhor". Depois disso, numa encenação teatral, Vanda levantou-se, pediu licença e retirou-se, batendo a porta atrás de si sem se despedir.

Nos dias que se seguiram, Davi continuou a me visitar, duas ou três vezes por semana, sempre à noite, para fumar, beber vinho e conversar. Os assuntos nunca adquiriram contornos sexuais. Eu apenas especulava mentalmente quais seriam as minhas reais chances toda vez que ele se colocava diante de mim. Uma vez pensei em embebedá-lo e seduzi-lo. Mas desisti da ideia com medo de que ao chegar em casa bêbado, Vanda o proibisse de me ver. Nossas conversas não iam além de amenidades. Eu mais ouvia do que falava. Com o tempo notei que Davi gostava da minha companhia porque eu o deixava livre para confessar seus anseios e seus medos e, principalmente, fumar e beber à vontade. Davi significava um retorno à infância. Mas não aos dias nublados e ruins, e sim aos pequenos detalhes que eu parecia ter esquecido – o cheiro da terra molhada em dias de chuva; as goiabas apanhadas diretas do pé, a beira do rio na qual me sentei e sonhei com dias melhores. Mergulhado em tanta felicidade assim era natural que eu tivesse a pretensão de achar que estava completamente curado da depressão. Abandonei o alprazolam porque não encontrei mais razão

Mike Sullivan

para continuar a ingeri-lo. Passei a dormir melhor, mas só perceberia as consequências desse ato alguns meses à frente, quando então retornaria ao consultório do psiquiatra para uma nova onda de medicamentos.

Seria um erro negar que Davi não me fez bem. Não importa se o que eu vivi foi uma ilusão. Eu apenas acreditava estar participando de um jogo de conquistas. O erro foi fechar os olhos quando alguns sinais claros de descontrole se apresentaram. Eu não me dei conta de estar caindo num abismo. Tudo começou a ruir quando cedi aos apelos dele em relação a fazer uma incursão ao cemitério da cidade onde nasci. Num determinado dia ele voltou a falar sobre o assunto.

"Sua mãe jamais permitiria que você fosse comigo até lá", disse na tentativa de convencê-lo a desistir.

"Quanto tempo gastaríamos se fôssemos de carro?"

"Umas cinco horas."

"Um dia seria o suficiente então."

"No que está pensando, Davi?"

"Tem um dia na semana que seria ideal. Na quarta-feira eu saio de casa às seis da manhã, porque faço natação antes de ir para a escola. À tarde tenho aulas de reforço de matemática e física que se estendem até as seis. E nesse dia à noite, mamãe faz suas visitas aos hospitais da região. Geralmente quando ela chega já passa da meia-noite, eu já estou dormindo."

"Mas quarta-feira é amanhã."

"Sim. O que me diz?"

"Não sei se é uma boa ideia, Davi..."

Ninguém me ensinou a morrer

"Às seis horas estarei te esperando em frente ao bar que fica a dois quarteirões do nosso portão. É importante que ninguém nos veja saindo juntos." Davi sorriu como se pusesse um ponto final na conversa. Não ousei contestá-lo. Tudo talvez não passasse de um grande erro. Acordei cedo, às cinco e meia. Preparei café e tomei apenas uma xícara enquanto fumei dois cigarros em pé na cozinha, refletindo a respeito da loucura que estava prestes a cometer. Demorei a decidir-me, mas quando assim o fiz, tornou-se impossível retroceder. Perto das seis horas saí de casa e me deparei com uma rua deserta e escura. Conforme o combinado, tirei meu carro da garagem e esperei por Davi a dois quarteirões dali, em frente a um velho bar de paredes pichadas. Não demorou nem cinco minutos para que ele chegasse. Com uma jaqueta jeans, boné e uma mochila surrada nas costas, entrou no carro, cumprimentou-me com cara de sono, bocejou vagarosamente e disse que podíamos seguir. Lembrei-me de ter sorrido, tentando convencer-me de que era cercado de coragem, mas no fundo o que eu temia mesmo era o confronto com paisagens antigas e lembranças terríveis do passado.

Dirigi sem pressa. Não conversamos muito no trajeto. Ouvimos música. Em grande parte do caminho foi o silêncio que triunfou, cada um de nós tentando adivinhar quais os pensamentos do outro. Duas horas depois parei numa padaria. Eu suava em bicas apesar do dia nublado. Minhas mãos geladas denunciavam o quão nervoso estava com aquela situação. Se Davi tivesse, por algum motivo, me pedido para voltar, acho que eu não pensaria duas vezes. Mas ao contrário do que eu queria, seguimos viagem. Eu

Mike Sullivan

fingindo entusiasmo, ele recuperado da letargia matutina, repetindo a cada cinco minutos que desvendaríamos um grande mistério. Mais três horas de estrada e chegamos ao nosso destino: a necrópole de minha infância.

O cemitério São João Batista ficava afastado do centro urbano, isolado, imperando sobre terras mortas e esquecidas, escondido numa paisagem bucólica e outonal, banhado por uma luminosidade pastosa. Assim que parei o carro, desci e me aproximei do muro, de onde já podia avistar os túmulos. Davi permaneceu dentro do carro, observando da janela meus passos inseguros. Preferiu deixar-me sozinho nos primeiros instantes do reencontro. Ou talvez só estivesse tentando entender por que aquele cemitério me fazia tão mal já que passei grande parte da vida visitando e fotografando tantos outros.

Esquecendo-me temporariamente dos olhares atentos de Davi, eu me rendi ao impacto de estar de volta ao cenário onde toda a morte em mim germinou de forma inequívoca e irreversível. Como se por efeito do espírito de mortandade que se alastrou, nada progrediu à volta daqueles muros. Nenhuma construção nova, nenhum prédio, condomínio, parque, colégio. Nada além da pequena capela onde os mortos eram velados.

Não deveria ter vindo, pensei.

Subestimei o peso das recordações. Fui atingido por infinda violência ao entrar em contato com o velho cemitério São João Batista – também meu lar durante a infância e parte da adolescência. Passei muitas horas ali dentro acompanhando papai com seu macacão sujo de terra, cavando buracos profundos, sentenciando muitos corpos ao esque-

Ninguém me ensinou a morrer

cimento. E conforme pude comprovar assim que cheguei, pouca coisa se alterou. Tudo em sintonia com a paralisia temporal que a morte estende sobre as coisas. Quase pude ouvir meus passos de criança caminhando entre as sepulturas. O mesmo silêncio opressor; a copa das árvores com suas folhas acobreadas derramando sombra acinzentada; as nuvens cor de chumbo que eu jurava serem sempiternas e estáticas anunciando chuva; o deserto ao redor; a ausência de gente viva (aparentemente ninguém havia para ser enterrado naquele dia).

Sem que eu pudesse notar, uma velha e conhecida mulher parou ao meu lado. Falou comigo, reconhecendo-me apesar dos longos anos decorridos.

"Miguel?", ela disse quase me tocando.

A princípio eu virei na direção da mulher, calado, absorvendo o cheiro forte de mofo e de terra úmida. Ao contrário dela, eu não a reconheci de imediato, mas não tardou para que eu tivesse certeza de quem era aquela mulher com braços gordos cheios de manchas, rosto carregado de rugas exalando cansaço e os olhos tristes que nunca soube compreender na infância, a submissão presente na cabeça levemente inclinada para baixo, os ombros decaídos como se sobrecarregados de arrependimentos e lamentações. Era Sebastiana, a coveira que dividia os trabalhos com meu pai.

"Sebastiana?", perguntei com voz rouca, a garganta seca, parecendo estar diante de uma assombração.

"Que surpresa, Miguel. Faz muito tempo que não te vejo."

"A última vez que estive aqui foi no enterro de mamãe", eu disse embebido de desolação. Ao me colocar diante de Sebastiana não sabia definir meus reais sentimentos.

155

"Você está bem, Miguel?"

"Não sei", disse tentando ser o mais honesto possível. Uma espécie de cansaço me dominava até os ossos. Dava a impressão de que iria desmaiar a qualquer momento.

"Ele vai ficar bem", disse Davi após sair do carro e se colocar ao meu lado.

"E quem é você?"

"Um jovem amigo", eu falei rapidamente, antes que a impetuosidade de Davi estragasse tudo. Recostei-me no muro. Se tivesse fumado um baseado talvez teria justificada minha estranha aparência de doente, mas eu estava limpo naquela manhã. Exceto pelo furor das lembranças, eu estava limpo.

"Vamos até minha casa. Dá pra ver que precisa descansar um pouco."

"Ainda mora por aqui?", perguntei puxando com força o ar, sentindo-me esperançoso com uma leve brisa que me fez sentir melhor.

"No mesmo lugar."

Antes de decidir, cravei meus olhos em Davi. É claro que o interesse dele era investigar o interior do cemitério, procurar em cada túmulo o rosto da menina que pudesse ser a mesma que eu via há anos derramando lágrimas de sangue. Tentei fazê-lo compreender que precisava de um minuto para recuperar-me. Ele pareceu não entender. Enterrou-se num profundo silêncio que beirava a pura mágoa por ser contrariado quando segui os passos de Sebastiana até a casa dela, contornando o muro ladeado por uma calçada esburacada, mas veio logo atrás de mim.

Da casa de Sebastiana, atrás do cemitério, sobre uma colina, se tem uma vista privilegiada para alguns e incômoda para a maioria dos humanos – o cemitério em sua extensão grandiosa desponta assim que alcançamos a varanda. Sebastiana nos convida a entrar. O barraco coberto por telhas de zinco é pequeno, simples, com poucos móveis, mas bem arrumado, nada fora do lugar. O interior é banhado por uma claridade baça. Morava nesse casebre desde sempre. Não sei se ganhou o imóvel por meio de doação da Prefeitura ou se pagava aluguel. Ouvia meu pai contar que ela não saberia morar em nenhum outro lugar que não fosse nas proximidades do cemitério.

Sebastiana nos oferece água, o que aceito prontamente. Enquanto ela vai até a cozinha Davi senta-se ao meu lado no sofá e permanece calado perscrutando com o olhar o ambiente apertado composto por uma mesa de duas cadeiras, uma TV de 14 polegadas sobre dois caixotes empilhados e uma velha poltrona. O chão de cimento batido levantou poeira com nossos passos. Nas paredes nada de quadros nem qualquer outro ornamento.

Sebastiana nos serve a água gelada em canecas de alumínio e arrasta uma cadeira onde senta-se de frente para nós. Demonstrando estar ainda surpresa com minha visita repentina ela se ocupa por um tempo incalculável apenas em me observar em silêncio. Só minutos depois resolve fazer um comentário.

"Quer dizer que você resolveu enfim fotografar o velho cemitério São João Batista", diz com sua voz acrimoniosa que me faz recordar do tempo em que ela e papai iam juntos beber no bar. De pé feito estátua ao lado de papai eu o

Mike Sullivan

vigiava querendo crer a todo custo que só minha presença bastaria para fazê-lo não correr perigo. Era eu que pegava em sua mão e o trazia bêbado para casa. Mamãe lançava olhares raivosos para mim e para ele amaldiçoando com palavras duras a maldita cachaça e o cemitério. Porém o mais prejudicado fui eu que, dessas andanças com papai nos bares da cidade, acabei herdando os mesmos vícios – o apreço pela morte, os cigarros, a cachaça. Nos bares, papai era mais sorridente. Cantava, comprava doces pra mim e dizia sem rancor que eu era o moleque preferido dele, que batalharia para que eu fosse qualquer outra coisa menos coveiro. Se estivesse vivo eu não sei o que diria a respeito do ofício que escolhi.

"Fotografar o São João Batista está fora de cogitação."

"Ainda guarda suas primeiras fotografias daqui?"

"Só algumas. A maioria joguei fora. Outras simplesmente se perderam. Não faz diferença pra mim."

"Você ficou famoso...", ela diz esboçando um fraco sorriso que eu não soube interpretar bem.

Percebo pequenos tremores em suas mãos. Num dos dedos está preso um velho anel que logo reconheço. Foi papai quem o deu de presente de aniversário. Corria pelas redondezas comentários perversos de que papai e Sebastiana eram amantes. Mamãe pouco se incomodava. Uma vez a ouvi dizer que Sebastiana era mulher-macho. Só isso para explicar a escolha de cavar buracos e se vestir feito homem. Eu tinha minhas dúvidas quanto à sexualidade dela, mas penso que talvez fosse verdade sua atração por mulheres. Isso talvez justificasse a atenção estendida a mim com

Ninguém me ensinou a morrer

frequência e seus olhares que pareciam me dizer o tempo todo que ela entendia o que de fato eu era.

De repente ela me perfura a alma com olhares alternados de espanto e piedade. Davi permanece quieto ao meu lado. Deve estar tentando entender o cenário atual e os personagens que o compõem; as situações que me ligam a essa mulher – fotografias, sepulturas, coveiros. Se pudesse analisar assim, eu diria ter sido Sebastiana quem me converteu à religião das fotografias cemiteriais. Ou apenas fez despertar em mim um sonho adormecido, pois acompanhar os passos de papai no cemitério já significava a presença de pequenos indícios de minha admiração à beleza lúgubre dos palacetes mortuários.

Nos dias que se seguiram à morte de papai, eu me isolei totalmente. Ficava a maior parte do tempo preso no meu quarto, deitado na cama sem conseguir dormir direito. Tentando acreditar que morrer fora mais lucrativo para papai. Primeiro porque o poupou das fortes dores do câncer, e segundo porque ele não teria de lidar com a triste desilusão de saber que eu era homossexual. Eu só saía do quarto para ir à escola e fazer as refeições. À mesa éramos silêncio. Cada um tentando imprimir nos gestos uma dose de sofrimento a mais. Cada um tentando se convencer e provar que sofria mais que o outro. Mamãe era um mistério à parte. Nunca se orgulhou ao ter de se apresentar como a esposa do coveiro da cidade. No entanto creio que a morte de papai representou um alívio – detestaria ser sepultada pelas mãos do próprio marido bêbado. Só que, sozinha, ela foi enfraquecendo cada dia mais. A depressão a destruiu completamente até o derradeiro suicídio.

Mike Sullivan

Um dia Sebastiana resolveu nos fazer uma visita, mesmo sabendo que minha mãe não nutria por ela as melhores impressões. Sebastiana alegou saudade de mim e estranhou o fato de não ter me visto mais no cemitério. Mamãe interrompeu dizendo que cemitério não era lugar para uma criança (eu já tinha treze anos nessa época). Eu não queria mais voltar àquele lugar e disse a Sebastiana, na intenção de não contrariar mamãe, que sem meu pai tinha perdido a motivação.

Assim que minha mãe nos deixou sozinhos na sala, com a desculpa de ir à cozinha preparar café, Sebastiana sentou-se próximo a mim e murmurou que tinha uma surpresa para me mostrar. Pediu tão somente que eu fosse ao cemitério, porque ninguém podia saber. Quando mamãe voltou com o café, Sebastiana já tinha ido embora.

No dia seguinte, depois do almoço, inventei qualquer coisa pra mamãe e fui ao cemitério. Bati na porta de Sebastiana, que me recebeu com um largo sorriso. A surpresa se referia a uma máquina fotográfica que ela me ofereceu de presente. Uma Kodak 177xf. Eu disse não saber fotografar e ela me diz que também não é uma profissional, mas que gosta de fazer fotografias do cemitério São João Batista. Vai até o quarto e traz uma pesada caixa de papelão que contém uma diversidade de fotos sepulcrais. Achei bonito. Para Sebastiana era apenas um modo de passar o tempo – fotografias do seu local de trabalho. Nada de definições filosóficas ou titulações de "arte cemiterial".

Durante a tarde daquele dia eu e ela passeamos por toda a extensão do cemitério. Eu empunhando pela primeira vez uma máquina fotográfica (que achei pesada) e ela apon-

160

tando com os grossos dedos as esculturas, as sepulturas, as árvores. No fim eu já era capaz de sorrir. Foi como ganhar um motivo para viver na medida em que aquilo me fazia aproximar-me novamente de papai. A fotografia e os cemitérios nunca mais me abandonaram.

"O que veio fazer aqui, então, Miguel?", ela perguntou.

Antes que eu tivesse reação para inventar uma desculpa, Davi resolveu falar.

"Ele tem visões de uma criança que chora lágrimas de sangue. Viemos investigar."

"Davi, cale a boca!", eu o repreendo, mas é tarde demais. Vejo no rosto de Sebastiana um esgar de espanto, o que se confirma no seu questionamento posterior.

"Criança que chora sangue? Isso é verdade, Miguel?"

"Esqueça essa bobagem, Sebastiana."

"A gente quer saber se essa criança existiu e se está enterrada aqui. Esse foi o motivo da nossa viagem. Será que podemos ir agora ver os túmulos?"

"Não vamos a lugar nenhum, Davi."

"Desde quando tem essas visões, Miguel?", perguntou Sebastiana impassível.

"Não quero falar sobre isso. Tenho vergonha, medo... Sei lá o que eu sinto."

"Então é verdade o que esse garoto está dizendo."

"Pode acreditar em mim, tia", diz Davi me cutucando com o cotovelo.

"Engraçado você me contar sobre essa criança das lágrimas de sangue..."

Sebastiana hesita. Lábios crispados. Respira profundamente. Levanta-se, vai até a cozinha e minutos depois volta

Mike Sullivan

com café fresco e biscoitos de maizena. Bebericando o café fumegante, ela enfim narra uma história antiga que envolve papai e uma criança morta suja de sangue.

"Seu pai certa vez me contou algo muito estranho." Ela bebe um pouco mais de café e faz nova pausa, demorada e angustiante. "Trata-se de uma menina de sete anos que morreu vítima de leucemia e foi enterrada aqui mesmo nesse cemitério. Seu pai contava que depois de uma semana do sepultamento, Esmeralda, a mãe da menina, bateu na porta da casa dele de madrugada. A princípio ele se assustou com os gritos e as pancadas fortes na porta. Ao atender, Esmeralda estava desesperada, chorando, os cabelos desgrenhados, implorando que ele ajudasse a remover a menina da cova porque tinha certeza de que a filha estava viva. Seu pai tentou dissuadi-la, dizendo que era loucura e que ela voltasse para casa, pois o melhor a fazer era se conformar com a morte da filha. Mas então Esmeralda pegou na mão dele. Os olhares que aquela mãe aflita lançou o comoveram. Esmeralda disse que há vários dias vinha escutando os gritos da filha pedindo socorro. Como tinha uma cópia das chaves do cemitério, foi fácil para seu pai ir até lá e constatar o que se passava na sepultara da pequena Rute. Agora me lembrei, Rute era o nome da menina morta. Sem falar nada com sua mãe – que morreu sem saber dessa história –, seu pai foi junto com a mulher até o cemitério. Segundo ele, isso tudo aconteceu por volta das duas e meia da madrugada. Não havia viva alma nas ruas e ninguém os viu entrando no cemitério. Rute foi enterrada numa cova rasa no fundo do cemitério, você deve saber onde fica, uma parte isolada das sepulturas mais luxuosas, onde pobres e corpos não identificados são enterrados. Ainda à beira da cova, segurando uma pá, seu pai tentou explicar mais uma vez pra mulher que, mesmo tendo ocorrido algum erro médico, a essa altura, uma semana depois, Rute não teria resistido à ausência de ar lá embaixo. Seu corpo deveria estar em fase avançada de putrefação. Seria terrível contemplar a imagem de Rute. Mas Esmeralda, inconsolável, dizia que cavaria com as mãos se ele não fizesse logo o serviço. Seu pai, então, começou a escavar. Tirou sozinho o pequeno caixão do fundo do buraco, desparafusou a tampa e o que os dois viram foi..."

"A garota estava viva?", interrompeu Davi.

"Não. Rute continuava morta. O que causou espanto foi a posição do corpo. Rute estava com o rosto voltado para o fundo do caixão. Sem que seu pai pudesse impedir, Esmeralda desvirou a filha. Aí é que veio a grande surpresa: o rosto angelical de Rute permanecia intacto, como se tivesse acabado de receber o atestado de óbito. E o mais incrível e perturbador, o rosto banhado de sangue, sangue fresco que minava dos olhos, irrompendo entre pálpebras cerradas. Esmeralda segurou a filha no colo e chorou. Sua filha estava morta, não havia dúvida, mas permaneceu com ela nos braços até que o sangue que jorrava dos olhos secasse completamente. O corpinho só retornou à cova perto das cinco da manhã ao despontar da luz do sol."

"Essa garota... Rute... Continua enterrada aqui?", eu perguntei, trêmulo.

"Sim. A mãe arrecadou dinheiro e conseguiu erguer um mausoléu digno de uma criatura santa. Esmeralda acreditava que a filha tinha o poder de interceder junto a Deus por aqueles que fizessem a ela suas petições. O caso da menina só não ficou tão famoso porque Esmeralda negou o pedido da Igreja para abrirem a sepultura com a finalidade de investigar a conservação do corpo e se as lágrimas de sangue continuavam."

"Papai nunca me contou sobre isso."

"Ele não gostava de comentar a respeito desse caso. Tinha dúvidas de quais forças espirituais estariam envolvidas. Apesar de ter trabalhado muitos anos em contato com os mortos, seu pai não ousava atribuir nenhuma espécie de teoria sobre o que nos espera do outro lado. E ter visto o rosto intacto de uma menina morta e sepultada há dias mexeu com ele. Tanto que ele não se aproximava nem nunca deixou que você chegasse perto da sepultura de Rute." Sebastiana crava seus grandes olhos em mim. "Acha que Rute pode ser a mesma menina que você vê?"

"Eu sabia que a resposta desse mistério estava bem aqui", disse Davi enquanto eu acendia um cigarro.

"Prefiro seguir os conselhos de papai, Sebastiana", falei após tragar pela segunda vez. "Deixa os mortos descansarem em paz. Não vou remexer nisso."

"Mas não tem curiosidade em saber?"

"O que eu gostaria mesmo, Sebastiana, era não ter mais de ver a imagem perturbadora dessa criança chorando lágrimas de sangue."

"Talvez essa visão tenha algum fundamento."

"Foi exatamente o que eu disse a ele", falou Davi.

"Caso veja a foto de Rute, Miguel, é capaz de dizer se é a mesma criança?"

"Onde quer chegar, Sebastiana?"

"Levante-se. Vamos fazer um passeio até a sepultura de Rute."

O jazigo ficava na parte mais ao fundo do cemitério, num lugar escondido, inacessível. Um túmulo simples de granito, cercado por uma grade de ferro, isolado dos demais, sujo e sem flores, protegido por um imenso eucalipto que se impunha vitorioso entre as outras árvores que compunham a paisagem outonal. Na estrutura que se erguia na cabeceira, também de granito, foram gravados seu nome e as datas de nascimento e morte. Nada de relevante ou especial para alguém que recebeu a alcunha de santa milagreira. E no topo pude ver, então, a foto em preto e branco de Rute, em destaque ao lado de uma cruz encardida.

Encostei a cabeça na grade para ver mais de perto a foto de uma menina sorridente, de cabelos compridos, com a franja cobrindo a testa e quase tocando os olhos. Davi e Sebastiana se posicionaram logo atrás, mantendo distância, como se conferissem a mim o direito de estar sozinho naquele momento. Encarei com veemência o rosto de Rute e por mais que temesse mantive-me atento aos detalhes.

O que aconteceria se a garota da foto fosse a mesma que vejo há muitos anos em forma de alucinações? Já não seria apenas uma visão mortiça, assustadora. Ganharia um nome, um passado, uma história, ainda que confusa e um tanto lendária. Talvez desistisse de suas aparições intrusas e deixasse ser revelada a verdadeira razão das lágrimas de sangue. Eu poderia então fazer um pedido à menina milagreira. Em silêncio, olhos grudados na pequena foto em preto e branco, pediria: que me fosse dada finalmente a oportunidade de viver o amor, com todas as suas consequências. O amor de Davi.

Então, olhei com mais calma. Morre-se também nas fotografias – essa foi minha primeira impressão. O registro em papel não consegue sustentar no olhar do fotografado a vida de outrora. Deveria haver uma lei que proibisse a foto dos mortos em seus túmulos. De nada adiantam. Tornam a coisa mais assustadora e deprimente. E por fim concluí que Rute não era a mesma criança que eu estava acostumado a ver nos muitos anos anteriores. Fechei os olhos com força, crendo que um resquício de lágrima escorreria pelo rosto, mas antes que qualquer vestígio de choro surgisse, senti a mão de Davi segurar a minha. Abri os olhos e lá estava ele, calado, olhando para frente, segurando com força minha mão. Surpreendido com o gesto de Davi não digo nada. Apenas absorvo com sofrida calma a certeza de que aquele toque seria o máximo gozo que estaria condenado a obter. Sebastiana também se aproxima e se põe ao meu lado. É ela quem me faz a inescapável pergunta.

"É a mesma garota, Miguel?"

"Não", eu digo num tom de desalento. No fundo eu sei que descobrir a identidade do meu fantasma particular não resolveria muita coisa.

"Podemos ver outras sepulturas", diz Davi inconformado.

"Estou cansado, Davi." Nesse momento ele solta minha mão. "Vamos embora. Não há mais nada o que procurar aqui."

"Tem certeza?"

"Eu só preciso sair desse lugar", disse dando as costas para o túmulo de Rute. Refiz em passos curtos o mesmo caminho de volta à saída do cemitério. Tomei o cuidado de não passar próximo à sepultura de meus pais. Não queria acrescentar mais um tormento a esse dia ruim.

Às portas do cemitério, posicionados na calçada, eu e Sebastiana estamos sozinhos, um de frente para o outro, buscando as palavras adequadas para uma despedida. Davi está dentro do carro, afastado a uma distância que o impede de ouvir nossa última conversa.

"Seu pai nunca te contou sobre o caso dessa garota?"

"Não me lembro de ouvi-lo comentar sequer uma vez."

"Tem certeza?"

"Absoluta."

"Só pensei que talvez seu pai tenha lhe contado a história e você ficou tão impressionado que acredita estar vendo a mesma criança."

"Eu só te peço que esqueça tudo isso que eu te contei, Sebastiana. Já estou acostumado com essa visão. Não iria fazer muita diferença descobrir a origem desse fantasma."

"Pode confiar em mim. Seu segredo estará bem guardado."

"Acho que já vou indo."

"Não quer descansar mais um pouco lá em casa antes de pegar a estrada? Posso preparar um chá. O garoto deve estar com fome."

"Precisamos chegar cedo."

"Não vai nem mesmo visitar seu irmão?"

"Você tem visto o Breno?"

"Raramente o vejo. Mas sei que continua morando no mesmo lugar. Por que não passa lá para fazer uma visita? Ele iria gostar de te ver."

"Melhor não, Sebastiana. Não quero me aborrecer."

"Há quanto tempo não o vê?"

"Desde a morte de mamãe."

"Nossa, faz muitos anos isso."

"Naquela época tivemos uma discussão terrível."

"Isso quer dizer que não conhece seu sobrinho?"

"Meu sobrinho..." Hesitei e respirei profundamente. Mais uma vez, como em tantas outras, me perdi em pensamentos tentando remontar na memória o rosto desconhecido do meu sobrinho. Será que se parecia comigo? Era alto, forte, inteligente, simpático? Já deveria estar namorando a essa altura. Será que tinha conhecimento da minha existência? Fiquei tentado a fazer o percurso até a casa do meu irmão só para ter a chance de pôr meus olhos no rosto de meu sobrinho. Mas pensei também em quantas coisas ruins a meu respeito meu irmão poderia ter dito ao garoto. Pode ser que tenha aprendido com Breno a alimentar um desprezo irracional por mim. Pensando assim, o melhor a fazer seria evitar o confronto. "Não o conheço, Sebastiana. Nem ao menos sei seu nome."

"Kevin. O nome dele é Kevin. Deve estar com uns dezesseis anos, agora.

"Fico feliz em saber que estão todos bem, mas não posso demorar. Preciso ir, Sebastiana."

"Não se preocupe. Por mais que você evite isso agora, Kevin vai te procurar um dia. Pode acreditar. Ele vai querer conhecer o tio que ganhou fama fotografando com exímia capacidade artística diversos cemitérios."

"Papai me amava, Sebastiana?"

"Tem alguma dúvida?"

"Vocês conversavam tanto... Gostaria de saber o que ele falava de mim. O que pensava desse meu jeito." Eu levanto os ombros e encaro o chão.

"Seu pai o admirava, Miguel. Dizia que você era o único que tinha sensibilidade para não recriminar o fato de ele ser um coveiro. Enquanto sua mãe e seu irmão demonstravam vergonha, você queria estar do lado dele. Por isso que ele nunca o impediu de acompanhá-lo dentro desse cemitério. Seu pai foi um grande homem. Ele o amava."

Diante do meu silêncio, Sebastiana me envolve em seus braços. Nos despedimos em seguida.

No caminho de volta, assim que pegamos a estrada, Davi afundou-se no banco do carro e, resignado, manteve os olhos fixos na paisagem nublada lá fora. O silêncio dele só não me incomodou tanto porque eu também estava absorto em pensamentos, perdido entre lembranças da infância e fatos do presente. No que eu havia me tornado? Essa era a pergunta constante. Se a fotografia me fez bem ou mal, eu não poderia dizer. Só sei que o problema não era a fotografia, mas o ser que, se utilizando dela, procurava encontrar um objetivo de vida. E agora tem também Davi – o jovem que amo, ou acho que amo, ou acho que deveria amar para encontrar a felicidade. Até quando eu iria prorrogar esse relacionamento confuso com um adolescente de personalidade instável, inseguro e rodeado de mistérios?

Foi então que, buscando dar voz aos meus anseios, iniciei um diálogo com Davi na tentativa de definir nossos destinos de uma vez por todas.

"Você já sentiu atração por alguém do mesmo sexo, Davi?", perguntei sem muito pensar. Ele se ajeitou no banco antes de cravar seus grandes olhos em mim. Demorou a responder.

"Eu gosto de mulher, mas tenho curiosidade pra saber qual é o lance de ir pra cama com outro homem", ele me disse com naturalidade espantosa.

Meu corpo passou a tremer.

"E sente alguma atração por mim?" Eu ousava dizer que sim, mas queria ouvi-lo confessar.

"Eu não sei." Ele passou a olhar para baixo, com o corpo levemente encurvado. Como se estivesse bêbado, era lenta e quase inaudível a pronúncia das palavras.

"Já se masturbou pensando em mim?"

"Já, mas não consegui gozar", ele falava baixo, sem olhar pra mim "Mas eu sou hétero, cara. Tenho certeza disso."

"Hei... Eu não estou afirmando que você é gay."

"É que você é um cara legal, sabe. E..." Davi hesitou e esfregou as mãos uma na outra.

Às vezes, quando ouvia Davi falar de coisas bizarras eu achava que estava diante de um velho de oitenta anos contando histórias de uma vida inteira. Outras vezes, como naquele momento, Davi voltava a ser simplesmente uma criança que só teme o mundo à sua volta. Um jovem confuso deixando à mostra uma fragilidade que parecia brotar de sua alma incomum.

"E se fizéssemos uma viagem? Só você e eu. Não um passeio rápido igual o de hoje. Mas, sim, uma viagem que dure alguns dias, um fim de semana talvez." A ideia me veio à cabeça tão rápido que não pude conter a ansiedade de contar. Na minha percepção seria bom retirar Davi de sua zona de conforto. Longe da mãe ele provavelmente ficaria mais à vontade e suscetível a explorar seus desejos.

"Mas viajar pra onde?"

"Eu estou com uns planos aí." Eu nada havia planejado até então. Queria apenas fazer um teste. Se Davi aceitasse viajar comigo, estaria me dando uma chance.

"Eu ia me amarrar. É um trabalho novo de fotografia?"

"Digamos que sim. Topa?"

"Só tenho que convencer minha mãe. Não vai ser fácil. Eu nunca passei uma noite fora de casa. Mas acho que ela confia em você."

"Eu converso com sua mãe."

Satisfeito, voltei a prestar atenção na estrada molhada e escorregadia. Começava a chover forte. Pensava tão somente numa viagem em que eu e Davi pudéssemos ficar a sós, isolados do mundo. Davi acendeu um cigarro, silencioso. Eu o deixei pensar sem interferir. Protegido por uma paixão arrebatadora, eu sequer me dei ao trabalho de questionar o comportamento duvidoso dele.

No dia seguinte, pulei da cama animado. Preparei café e sentei-me logo cedo nos degraus da varanda como costumava fazer quase todas as manhãs. Com a cabeça relaxada, depois de um sono tranquilo, traçava mentalmente os passos necessários para empreender um novo projeto que incluía a participação de Davi. Uma viagem. Fotografias. Tudo reunido num único pacote.

Há muito tempo, quando fotografei os cemitérios das cidades históricas de Minas Gerais, o coveiro de um desses lugares comentou sobre um enigmático cemitério localizado no coração da Bahia. Já naquela época senti vontade de conhecer o tal cemitério, mas faltou dinheiro e tempo, pois havia um prazo a cumprir para a entrega das fotografias. De lá pra cá o cemitério baiano acabou ficando num canto esquecido da memória devido a tantos outros projetos.

Sem saber como se deu o retorno desse cemitério a minhas lembranças mais recentes, acordei com forte desejo de viajar pra Bahia e ir ao encontro desse lugar misterioso. Em minha concepção, seria maravilhoso, pois não só ocuparia

Mike Sullivan

os dias com um novo trabalho fotográfico mas também teria chances de explorar as reais intenções de Davi.

Era preciso dar alguns telefonemas. Primeiro liguei para Joaquim Ayala, meu agente que gerenciava tudo o que estava relacionado à minha carreira artística – exposições, divulgação, entrevistas, livros, direitos autorais e, não menos importante, as finanças.

Antes de atravessar o deserto da depressão, eu sempre trabalhei por conta própria (isso se não levarmos em consideração alguns patrocínios) e não via a necessidade do auxílio de um agente, mas tão logo me recuperei da crise, percebi que sozinho seria impossível dar continuidade às fotografias. Foi então que, no lançamento de um livro, eu e Joaquim fomos apresentados por um amigo em comum. Numa conversa que varou a madrugada, Joaquim acabou convencendo-me de que poderia vender meus quadros de forma muito mais rápida e por um preço ainda mais rentável se a ele fosse dada uma única chance de organizar a próxima exposição. Aceitado o desafio, o resultado foi que a minha conta estufou consideravelmente e Joaquim nunca mais teve autorização para deixar-me. Até hoje não dou um passo sem antes discutir os mínimos detalhes com Joaquim.

O telefone chamou quatro vezes antes que a voz sonolenta e arrastada de Joaquim pudesse ser ouvida do outro lado da linha. Sem muitos rodeios, expliquei que queria ir à Bahia, mais especificamente à Chapada Diamantina, com o intuito de fotografar um cemitério antigo.

"Um cemitério na Chapada Diamantina?", disse Joaquim surpreso. Não conseguia visualizar um cemitério rodeado por montanhas, animais silvestres e vegetação nativa.

174

Ninguém me ensinou a morrer

"Nunca ouviu falar?"

"Confesso que não. E olha que já rodei por muitos cantos desse país!"

"O cemitério bizantino, segundo me disseram, fica na entrada da cidade de Mucugê, nas encostas de uma montanha. As sepulturas são semelhantes a igrejas em miniatura."

"Parece um lugar perfeito para boas fotografias."

"Pode organizar essa viagem pra mim?"

"Para quando?"

"O mais rápido possível. Ficarei apenas um fim de semana. Vou numa sexta e volto no domingo ao fim do dia."

"Rápido assim?

"Dois dias são suficientes para tirar as fotografias iniciais. Eu mesmo comprarei as passagens aéreas. Só verifique se é possível ir direto de Salvador até Mucugê."

"Não quer que eu vá com você?", perguntou Joaquim.

"Dessa vez, não, meu amigo."

"Algo me diz que você está me escondendo alguma coisa."

"Não é nada de mais. Só preciso fazer essa viagem sozinho. Prometo trazer boas fotos."

"Por mim, tudo bem. Confio em você. Vai precisar de um guia turístico?"

"Não é necessário, mas seria bom contratar um motorista que me levasse de carro até Mucugê. Não quero correr o risco de ficar perdido na estrada."

"Ok. Retorno amanhã à noite."

Encerrada a conversa, disquei outro número – um telefone que vinha descrito mensalmente, abaixo do nome da síndica, em meus comprovantes de pagamento do condo-

175

mínio. Preferi ligar ao invés de fazer uma visita a Vanda. Pessoalmente, o olhar cabisbaixo, constrangido, poderia trair-me, colocando tudo a perder.

Vanda não demorou a atender. Inventei que viajaria para a Bahia a fim de visitar uns parentes e que gostaria muito de levar Davi. Não omiti que aproveitaria para tirar umas fotos na Chapada Diamantina, não entrando em detalhes. Para convencê-la, disse que seria só um fim de semana e que sendo assim o garoto não perderia nenhum dia de aula. Reforcei o pedido com uma promessa de que chegaríamos a tempo de Davi assistir o culto dominical. Vanda acabou concordando depois de uma pausa angustiante. Antes de desligar ela disse que talvez fizesse bem a Davi uma viagem com alguém que ele tanto admirava. E pediu que não chegássemos atrasados para o culto do domingo. Acatei sua recomendação final. Não esqueceria disso na hora de comprar as passagens de volta.

Se o diabo existe, foi ele quem cochichou no ouvido de Vanda lhe dando autorização para ceder seu filho à companhia de um solitário depravado em busca do amor, refleti ao pôr o telefone no gancho. O sabor que restou na boca foi o de uma derrota antecipada. A ilusão de que uma viagem resolveria todos os meus problemas. Mesmo que Davi se entregasse a mim na cama, as coisas se complicariam ainda mais. O que fazer caso Davi se apaixonasse e quisesse viver para sempre ao meu lado? Como conter a fúria de uma mulher religiosa se Davi assumisse sua homossexualidade? Quais seriam suas declarações à imprensa depois de um torrencial escândalo? Como ficaria minha carreira ao ser questionado a respeito da sedução de um menor que frequentava

Ninguém me ensinou a morrer

minha casa e saía de lá bêbado e drogado? Por um único segundo, pensei em desistir. Seria a decisão mais sensata. Mas quem só pensa com o coração descarta as vias da razão para um desfecho menos dolorido. E eu não queria ter razão, só queria ser feliz, ter o prazer de beijar Davi e sentir o corpo dele junto ao meu numa cama espaçosa, após um dia de fotografias e cemitérios, num lugar escondido do mundo.

No dia seguinte, conforme o combinado, Joaquim Ayala telefonou a fim de tratar de assuntos da viagem. As notícias foram animadoras, o que me manteve longe das acusações e ponderações da consciência.

"De fato existe uma cidade chamada Mucugê na Chapada Diamantina", disse Joaquim.

"Ainda duvidava de mim?"

"Sei lá. Você é meio maluco. Podia ter sonhado com esse lugar."

"Vamos ao que interessa. O que resolveu?"

"Respondendo a sua pergunta de ontem: é possível, sim, ir direto de Salvador até Mucugê. Já aluguei um carro com motorista que ficará à sua disposição durante o fim de semana. O nome dele é Jeferson e vai te esperar no aeroporto de Salvador. Só preciso informá-lo da previsão de chegada do seu voo. Não prefere que eu me ocupe da compra das passagens aéreas?"

"Não se preocupe, Joaquim. Eu me encarrego disso. Conseguiu um hotel?"

"Uma pousada. Mucugê é uma cidade pequena. Mas é a melhor da região. Pelo menos a mais recomendada. Já fiz a reserva para o próximo fim de semana. O valor integral das diárias, com café da manhã, almoço e jantar, foi depo-

177

Mike Sullivan

sitado na conta da proprietária. Procure por Samantha na recepção. Já passei a ela seus dados."

"Obrigado, Joaquim. Se tudo der certo, teremos material para uma nova exposição de sucesso."

"Ah, já ia me esquecendo. Conversei com Samantha sobre o tal cemitério bizantino. Segundo me informou, a pousada fica próximo. Se tiver disposição, poderá ir caminhando até o cemitério. Boa sorte, meu amigo", disse Joaquim antes de encerrar a ligação.

Naquela mesma noite Davi foi me visitar. Juntos, conversamos bastante sobre a viagem. Não fugimos dos ingredientes costumeiros: vinho, cigarros e maconha. Dessa vez, já bêbados, contei sobre o cemitério bizantino e as fotografias que pretendia fazer. Davi ficou empolgado e disse que estava feliz por acompanhar-me. Por fim, agradeceu com um abraço antes de ir embora.

Nos dois dias que antecederam a viagem, ocupei-me dos últimos detalhes para que nada desse errado. Comprei duas passagens aéreas de ida e volta. Saí para abastecer-me de rolos de filmes fotográficos e pilhas. Fiz questão de comprar uma nova máquina fotográfica também. Esse trabalho merecia uma atenção especial. Na mala, não esqueci de colocar, sob as roupas, uma quantidade generosa de maconha, preservativos e gel lubrificante. O vinho deixaria para comprar lá ou no aeroporto mesmo. A experiência mostrava que homens bêbados eram mais fáceis de ser manipulados.

Eu e Davi pousamos em Salvador às quatro da tarde de sexta-feira, sem imprevistos. Jeferson, o motorista contratado por Joaquim, nos esperava no saguão da aérea de desembarque, com as mãos erguidas, segurando um pedaço de papel, onde li meu nome escrito em letras gigantes. Com apenas uma mochila nas costas, Davi seguia meus passos enquanto eu arrastava minha mala de couro com rodinhas.

Ao me aproximar do motorista, tentei ser cordial oferecendo o meu melhor sorriso, ou aquele que julgava ser o melhor para uma apresentação inicial. Apertei a mão de Jeferson e ele retribuiu o cumprimento com um caloroso sorriso dirigido a mim e a Davi.

Enquanto caminhávamos até o carro, Jeferson me explicou que de Salvador até Mucugê eram uns quinhentos quilômetros. A previsão era de chegarmos lá às dez e meia da noite. Perguntou se o horário de chegada atrapalharia meus planos. Disse que não e ele então continuou explicando que na metade do trajeto faríamos uma parada na cidade de Lençóis para esticar as pernas e comer alguma coisa, mas poderíamos ir direto caso eu optasse por fazer.

Não respondi. Deixei em aberto essa possibilidade. Davi acompanhou calado nosso falatório. De vez em quando eu olhava para ele só pelo prazer de observar seus cabelos encaracolados dançando com o vento que nos brindou assim que saímos do aeroporto e entramos na área descoberta do estacionamento.

Jeferson acomodou nossas bagagens no porta-malas, fez a gentileza de abrir a porta de trás para que pudéssemos entrar, esperou que nos acomodássemos, ligou o ar-condicionado, pediu permissão para deixar correr um som ambiente numa rádio qualquer. Assim que deu início ao deslocamento, Jeferson fechou a boca. Eu me senti aliviado por isso. Odiava motoristas que falavam demais.

Davi também estava muito quieto, mas não dava sinais de estar triste ou incomodado. Seu rosto, quase colado ao vidro, acompanhava atento tudo que se passava lá fora. Nesse aspecto ele se parecia comigo. O que mais gostava nas minhas viagens de ônibus ou de carro era poder apreciar, em profunda meditação, a paisagem em movimento.

Mas essa era uma viagem diferente para mim. Eu estava inquieto e nervoso, mordendo o lábio inferior, roendo as unhas, piscando além do normal e alternando olhares entre a janela do meu lado direito e o rosto sereno de Davi à minha esquerda. Em dado momento optei por apoiar a parte de trás da cabeça no encosto do banco. Não tinha dormido direito devido à ansiedade da véspera. Acordara várias vezes durante a noite.

Devo ter cochilado, pois me assustei ao ouvir Davi gritando ao mesmo tempo que chacoalhava meu joelho.

"Olha só aquela igreja. Vamos dar uma olhada."

Ninguém me ensinou a morrer

Quando enfim despertei, olhei para trás e avistei uma pequena igreja abandonada entre árvores e capim. Era quase noite. O sol já havia se posto. No retrovisor, Jeferson olhava diretamente para mim à espera de alguma determinação.

"Dê uma parada, Jeferson. É possível?", eu disse entre bocejos, esfregando os olhos.

"Sim. Vou dar ré e parar no acostamento, próximo da igreja que o menino quer ver."

Se eu não estivesse com tanta vontade de mijar provavelmente não teria dado importância a uma igreja velha. O carro parou depois dos pneus derraparem nos cascalhos do acostamento de terra batida, já fora do asfalto. Davi desceu e em silêncio caminhou rumo à igreja. Eu fiz o trajeto oposto. Olhei para um lado e para o outro a fim de ver se não vinha nenhum carro e atravessei a pista. Mijei escondido atrás de uma grande árvore.

Quando atravessei de volta, não tinha intenção de entrar na igreja. Queria partir o quanto antes. A noite avançava lentamente e a paisagem ao redor, composta somente por vegetação e silêncio, me deixou assustado. Encostado no carro, de frente para a igreja, acendi um cigarro. Jeferson permanecia dentro do carro, fingindo-se alheio a essa pausa.

Na minha concepção igrejas antigas e em estado de abandono eram esconderijos perfeitos para abrigar uma variedade infinita de fantasmas, desde santos, humanos comuns e toda espécie de malditos condenados ao inferno por uma lei divina que eu menosprezava. E ao observar essa construção barroca, banhada pelo lusco-fusco, eu só podia

181

Mike Sullivan

crer que ali dentro jazia um coral de muitas vozes clamando em uníssono por salvação e misericórdia.

"Sabe o nome dessa igreja?", eu perguntei a Jeferson ao pisotear a guimba do cigarro. Disse isso não por interesse cultural, mas de forma a disfarçar minha impaciência com o sumiço de Davi. Não queria que Jeferson notasse em mim qualquer tipo de constrangimento nem desconfiasse de meus sentimentos em relação a Davi.

"Essa é a velha Igreja de Nossa Senhora dos Milagres, uma das mais antigas da Bahia. Como pode ver está abandonada há muitos anos. Na época em que na região predominava a plantação agrícola, ela era frequentada por fazendeiros, agricultores e alguns escravos que tinham permissão para assistir às missas. Depois que as águas secaram, a população migrou para os centros urbanos."

A igreja, cuja extensão não ultrapassava os vinte metros, me lembrava mais um suntuoso mausoléu. A torre ainda mantinha lá no alto um sino enferrujado e silente. Nos vitrais quebrados, figuras indistintas de um mosaico sem forma e sem significado. Uma cruz de madeira fincada próximo à entrada resistia bravamente em contraste com a porta que, despencando, quase tocava o chão. Dobradiças ressecadas rangiam com sofreguidão toda vez que o vento soprava com mais força.

"Ainda falta muito, Jeferson?"

"Um tempinho até Lençóis."

"Acho melhor apressar o Davi. Daqui a pouco será noite e quero chegar logo para descansar. Amanhã tenho muito trabalho pela frente."

Não tive alternativa a não ser aproximar-me da entrada da igreja e averiguar o que estava acontecendo. Logo ao cruzar os umbrais da porta principal, fui abraçado pelos meus medos mais infantis. A escuridão que beijou meu rosto afastou momentaneamente o ar que eu precisava para manter o equilíbrio. No altar, três velas acesas jaziam aos pés de um Cristo crucificado. Avistei Davi cabisbaixo, sentado no primeiro banco com as mãos unidas. Parecia rezar. Peregrinei por um corredor extenso e, enquanto dava passos curtos, fui saudado por santos e cruzes pregados em toda a lateral da igreja.

Sentei-me ao lado dele. O perfume de maconha reconheci automaticamente.

"Precisamos pegar a estrada de novo, Davi. Já é quase noite", sussurrei como se devesse reverências e respeito à imagem no altar – um Cristo nu, pregado na madeira.

Davi estava chorando. As lágrimas lançam um brilho em seus olhos que, agora, estão cravados em mim. Vejo que estou diante de outra personalidade de Davi. Pela primeira vez começo a me assustar com essa ambiguidade de caráter, com a alternância brusca de humor e com as incertezas em prever o comportamento dele. Preferia o garoto ousado e atrevido que fumava maconha na minha sala. Nesse momento, me arrependi de tê-lo trazido para a viagem e pensei seriamente em desistir. Era preferível voltar sozinho numa outra data.

"Olha só, Davi. Se quiser, posso pedir ao motorista que dê meia-volta e nos leve ao aeroporto de Salvador. Se for se sentir melhor assim, voltamos para casa ainda hoje."

"Não. De jeito nenhum. Eu sei o quanto essas fotos representam para a sua carreira. Ficarei mal se dificultar as coisas. Vamos em frente."

"Tem certeza?"

"Sim", ele disse secando o rosto com a palma das mãos.

"Foi você quem acendeu essas velas?"

"Aham. Mas elas já estavam aí. Parece que as pessoas continuam vindo aqui pra rezar."

Saindo da igreja nos deparamos com a escuridão da noite. O céu estava estrelado e fomos iluminados pelo brilho que irradiava de uma lua cheia e imponente fixada num ponto bem acima de nossas cabeças. Ainda tivemos tempo de admirá-la antes de entrarmos no carro e pegarmos novamente a estrada. Deixamos para trás, escondida entre matagais, a velha igreja de Nossa Senhora dos Milagres.

Na cidade de Lençóis, por volta de oito horas da noite, Jeferson parou o carro no estacionamento de um pequeno restaurante self-service que, segundo ele, era o mais indicado devido à comida de qualidade e preço justo. Eu não tinha intenção de fazer mais essa parada, mas Davi reclamou que estava com fome. No fim foi bom, porque renovou meus ânimos. Perguntei a Jeferson se ele gostaria de se juntar a nós, mas ele preferiu ficar no carro. Insisti dizendo que pagaria sua refeição. Mesmo assim ele não mudou de ideia.

Pedi que Davi fosse se servindo e escolhesse uma mesa pra gente enquanto fui ao banheiro jogar uma água fria no rosto. Precisava mesmo era de um bom banho quente, mas tive de me contentar em lavar os olhos com a água gelada, na tentativa de afugentar o sono que começava a querer me dominar.

Ninguém me ensinou a morrer

Quando voltei ao salão do restaurante avistei Davi sentado à mesa. Parecia satisfeito. Antes de arrumar o meu prato, fui até a lojinha de especiarias ao lado e comprei cigarros e três garrafas de vinho. Vinho era um elemento indispensável nos meus planos. Não estava com fome. Coloquei no meu prato apenas uma porção de salada verde e um filé de peito de frango grelhado.

Aparentemente mais calmo, Davi sorriu ao me ver. É nítido que estou, mais uma vez, diante de outro Davi. Apresenta-se a mim agora um jovem de olhar sereno e feliz com uma proposta de futuro. Bem diferente do ser angustiado, sentado no banco de uma igreja velha a contemplar um Cristo crucificado e insepulto. Enquanto ele não deixa sobrar nada no prato, eu só consigo beliscar muito pouco do que peguei. A ansiedade crescente e o cansaço afastam de mim a fome.

Fora do restaurante, eu e Davi fumamos um cigarro antes de pegarmos a estrada e enfrentarmos mais duas horas de travessia.

Na pousada, somos cordialmente recebidos por Samantha, uma mulher loira, alta, de corpo atlético, que se parece mais com uma jogadora de vôlei. Enquanto Davi ajuda Jeferson a tirar as bagagens do porta-malas, eu, discretamente, converso com Samantha sobre o imprevisto. Digo que, na última hora, meu afilhado fez questão de me acompanhar e minha irmã implorou para que trouxesse o garoto. Samantha diz que não há problema algum e me pergunta se desejo mais um quarto para o rapaz ou um que tenha duas camas de solteiro. Explica que o que Joaquim havia reser-

Mike Sullivan

vado para mim era um quarto com cama de casal. Adoraria dividir a mesma cama com Davi, mas, se assim optasse naquela noite, Samantha poderia ficar com uma pulga atrás da orelha e eu não queria levantar suspeitas. Minha passagem por Mucugê deveria ser discreta e encarada com profissionalismo. Acabei optando por um quarto com duas camas de solteiro. No balcão da portaria preenchi o cheque com o valor da diferença e, depois disso, Samantha pediu a um dos funcionários que conduzisse o motorista ao seu quarto enquanto ela própria nos levou, eu e Davi, até o nosso dormitório no segundo andar.

Samantha abriu a porta do quarto, fez questão de reafirmar o quanto era amplo e arejado e ainda nos mostrou uma sacada onde, durante o dia, poderíamos apreciar um grande lago rodeado por belas árvores. Passou às minhas mãos a chave e me informou sobre o horário do café da manhã. Logo após, se despediu e fechou a porta atrás de si. Eu e Davi ficamos sozinhos.

A tensão de dividir o quarto com alguém que se deseja tanto é em alta voltagem. Mas para aquela primeira noite não planejei nada. Apenas dormir. Como eu previa, chegamos extenuados da longa viagem e o que tanto eu quanto Davi queríamos era cair na cama e apagar. O que tivesse que acontecer entre nós dois estava reservado para a próxima noite. Nos primeiros minutos naquele quarto joguei minha mala sobre a cama e fui até a sacada conferir a noite enquanto tratei de fumar um cigarro. Queria deixar Davi à vontade para ver quais seriam suas reações e, principalmente, deixá-lo perceber que eu não o atacaria assim que ficássemos a sós.

Ninguém me ensinou a morrer

"Quer comer alguma coisa? Um sanduíche? Posso pedir", eu disse ao terminar o cigarro e voltar para dentro do quarto.

"Não, não. Aquele jantar foi o bastante", disse Davi remexendo no interior da mochila como se a escolher uma muda de roupa.

"Vamos sair?"

"Hoje não. Amanhã bem cedo."

"Beleza. Assim é melhor. Tô cheio de sono."

Davi finalmente decide por uma camiseta e um short, que embola entre as mãos. Entra no banheiro e fecha a porta. Encarei o fato como bom sinal. Geralmente, homens não se incomodam de trocar de roupa na frente de outros homens pelos quais não sentem nenhuma atração. Se Davi precisou se trancar no banheiro foi porque deve ter se sentido, no mínimo, intimidado ou, por que não, poderia ficar excitado.

O barulho da água do chuveiro caindo sobre o corpo nu de Davi aumentou meu tesão e minhas fantasias. Isso era perigoso, pois atrapalharia meu sono e poderia me levar a um ato extremo. Não queria submeter Davi ao ataque ensandecido de um homem mais velho querendo fuder com ele a qualquer custo. Como eu sabia que a maconha me deixava profundamente relaxado, fui pra varanda e fumei um baseado. Quando Davi saiu do banheiro eu estava com os olhos se fechando de tanto sono. Então repeti os mesmos gestos dele. Peguei meu pijama, me tranquei no banheiro e tomei um banho que durou mais de meia hora. Não bati uma punheta como teria feito normalmente.

Mike Sullivan

Davi já estava dormindo quando me deitei na cama de solteiro ao lado da dele. Não demorei a mergulhar no sono também. A respiração profunda e o ronco suave dele foram a canção de ninar que me fez adormecer, superando o mais poderoso dos ansiolíticos.

No dia seguinte, pulo da cama às sete horas. Tomo um banho, visto uma camiseta e uma calça de moletom e desço até o salão onde é servido o café da manhã. Davi dorme quando saio do quarto. Ainda é cedo para despertá-lo.

Sirvo-me somente de uma xícara de café e vou caminhando rumo à recepção. Lá encontro Samantha com seu sorriso permanente no rosto. Nos cumprimentamos e aproveito para obter algumas informações.

"O cemitério bizantino de Mucugê fica muito longe daqui?"

"Depende."

"Como assim?"

"O cemitério fica na entrada da cidade."

"Mas não me lembro de ter passado por ele ontem à noite."

"O motorista deve ter vindo pela estrada que passa por trás das montanhas. Eles geralmente escolhem esse trajeto por ser o mais curto. Se tivesse passado em frente ao cemitério com certeza você o teria avistado. Ele fica todo iluminado à noite. É lindo."

"Isso me deixa muito mais animado."

"Mas respondendo a sua pergunta, se tiver disposição para caminhar, são cinco quilômetros até lá, se preferir temos bicicletas à disposição dos nossos clientes. Se quiser é só pegar ali." Samantha apontou para um galpão onde pude ver diversas bicicletas uma do lado da outra. "Não tem erro. Siga por essa estradinha de chão à esquerda da pousada até encontrar uma placa com o nome do cemitério mandando dobrar à direita. É bem fácil."

"Será ótimo pedalar um pouco", eu digo. Só não sei se Davi vai gostar da ideia.

"Seu afilhado não gosta de pedalar?", ela pergunta como se lesse meus pensamentos.

"Acho que sim", sorrio enquanto termino de tomar meu café.

"Me perdoe a intromissão", ela diz quando estou prestes a ir embora. "O senhor veio a Mucugê só para visitar o cemitério bizantino?"

"É natural que eu o visite. Não é um ponto turístico da cidade?"

"Sim, claro. É que a maioria dos que vêm aqui desconhecem esse cemitério. Muitos nem têm coragem de ir conferir. Os turistas dessa região estão mais interessados em cachoeiras e trilhas pela mata."

"Eu sou fotógrafo. O cemitério bizantino faz parte de um novo trabalho para, futuramente, montar uma exposição e publicar um livro."

"Fico feliz em hospedar o senhor. Só posso desejar boa sorte. Tenho certeza que o cemitério de Mucugê será um sucesso."

Ninguém me ensinou a morrer

Eu agradeço, me despeço e vou pegar mais café. Avisto Jeferson que está sentado à mesa empunhando numa das mãos uma xícara enquanto a outra segura o jornal dobrado em quatro partes. Preciso dar-lhe algumas instruções.

"Bom dia, Jeferson."

"Bom dia, senhor Miguel. Dormiu bem?"

"Sim, muito bem."

"Estou à disposição do senhor."

"Eu só irei precisar dos seus serviços amanhã para voltarmos à Salvador, logo depois do café, por volta de dez horas. Ok?"

"Sim, senhor. Eu ficarei na pousada mesmo. E qualquer coisa o senhor tem meu telefone."

"Obrigado, Jeferson."

Eu me afasto e, quando me preparo para voltar ao quarto, Davi vem ao meu encontro, com os cabelos molhados e vestindo a mesma roupa do dia anterior. Diz que está com fome e ansioso para me acompanhar rumo ao cemitério.

Saber que vamos morrer um dia é triste para a mente humana que se acha imortal, mas ter a consciência de que dos símbolos da morte ainda é possível extrair beleza é o que mais me encanta neste trabalho. Ofegante devido às pedaladas, paro próximo à trilha de pedras que leva ao portão do cemitério bizantino. O muro é baixo. De onde estou é possível ver os túmulos brancos. Todos brancos.

Dos muitos que fotografei, o cemitério bizantino de Mucugê é um dos mais fascinantes. Impressiona pela beleza rústica incrustada na montanha. As sepulturas lembram

Mike Sullivan

templos religiosos. Me fazem recordar da Ilha de Santorini e suas casas feito neve no alto das montanhas. Tiro meus sapatos e os deixo ali mesmo, ao lado da bicicleta caída no chão. Descalço, caminho em direção à entrada principal do cemitério, sem me incomodar com os finos cascalhos que machucam levemente a sola dos pés. Os portões estão abertos. Vejo poucas pessoas lá no alto, tirando algumas fotos extravagantes. Davi vem atrás de mim, em silêncio e atento ao meu estado de hipnose.

Antes de entrar, encosto minha mão no muro, fecho os olhos e tento captar a energia do lugar. Mais uma vez sou açoitado pela mesma quietude que sempre me comoveu em todos esses anos dedicados à fotografia cemiterial: a solidão das horas mortas. Devagar, deixo meu corpo deslizar ladeira acima. Vagarosamente, vou analisando uma a uma as sepulturas brancas. Curiosamente, elas não têm nenhum nome gravado, apenas números de identificação.

Andando com dificuldade sobre rochas escorregadias, observando atentamente cada um dos túmulos, encantado, me esqueço completamente que Davi está no meu encalço. Só quando ele me faz uma pergunta é que me dou conta de que, diferente de várias outras ocasiões, não estou sozinho nessa empreitada.

"Onde está sua máquina fotográfica?"

"Não trouxe", digo ao me virar e vê-lo a curta distância, com a testa molhada de suor, os lábios abertos, e no olhar um misto de tristeza e espanto, tão característicos de sua personalidade instável.

"Isso eu sei. Quero saber por que não a trouxe." Ele ri como se eu acabasse de contar uma piada muito engraçada. Fiz questão de explicar:

"Eu nunca fotografo na primeira visita. Preciso antes apreciar sem pressa cada espaço, cada canto. Meus olhos é que devem captar os primeiros registros. A máquina fotográfica é apenas um complemento para apreender o que todos os meus sentidos já viram num momento anterior. Se não for assim não dá certo. A minha alma é meu guia. É ela que me direciona aos melhores ângulos, à luz perfeita, ao posicionamento do corpo diante de uma expressão tumular. O resto é magia. Algo acontece, eu me desligo do mundo e então uma boa foto surge. Não sei explicar além disso."

Por mais uma hora e meia permanecemos no cemitério. Escalando rochas, se espremendo entre passagens estreitas, abaixando-se próximo aos túmulos, fingindo empunhar uma máquina fotográfica, observando as melhores posições, a luz do sol, marcando os horários, subindo e descendo as ladeiras, respirando profundamente ao alcançar o topo do cemitério de onde parte da cidade de Mucugê ficava à vista. Dessa vez, faria o contrário: primeiro as fotos ao pôr do sol. E na manhã seguinte acordaria bem cedo para as fotografias diurnas.

Voltamos à pousada por volta do meio-dia. Almoçamos, dormimos à tarde e às cinco horas fomos novamente ao cemitério bizantino. Dessa vez, decidimos ir a pé e levei uma mochila onde acomodei o material necessário: a máquina fotográfica, uma garrafa de vinho, copos plásticos, o saca-rolha, um maço de cigarros e alguns baseados.

"Fiz um puta trabalho. Tô botando maior fé nessas fotos", eu disse após horas de fotografias, respirando cansaço e euforia, numa mistura que convergia para a satisfação completa. Eu e Davi nos sentamos numa rocha, tendo entre nós uma garrafa de vinho. Era noite. Os refletores ligados lançavam luz neon azul sobre as sepulturas. Escolhemos como refúgio uma parte escura do cemitério de forma que não podíamos ser avistados por quem passasse lá embaixo. Fazia um pouco de frio, e o vinho ajudava a aquecer. Em copos plásticos degustávamos o vinho barato. Davi só falou quando amassou a guimba do cigarro com a sola do tênis.

"Tantos corpos apodrecendo aí embaixo."

Alheio ao comentário, eu acendo um baseado. Depois de muitas tragadas é que resolvo falar:

"A morte para sempre será um mistério, Davi. Talvez não seja bom pensar nela o tempo todo. Faça uma coisa. Feche os olhos e me diga o que sente." Antes de cerrar os olhos ele bebe meio copo de vinho num gole só.

"Não sinto nada", disse desinteressado.

"Ouve alguma coisa?"

"Não."

"É esse o espírito dos cemitérios. Uma soma infinita de tempos mortos, inacabáveis, avançando lentamente para um mundo onde se dá a eternidade do que não se vê e do que não se sente."

"É pavoroso pensar nisso", ele disse ao abrir os olhos e cravá-los em mim. Podia ser que estivesse chorando, mas a pouca luz não permitiu que eu visse todas as emoções concentradas no seu rosto.

Em seguida se abateu sobre nós um silêncio constrangedor. Acendi outro baseado e enchi mais uma vez nossos copos com o restante do vinho. Se soubesse que essa seria a última noite que desfrutaria ao lado de Davi talvez eu não

Ninguém me ensinou a morrer

a desperdiçasse falando sobre morte e solidão. Talvez tivesse feito tantas outras coisas e agora não estaria afundado numa soma de arrependimentos sem fim. Onde foi que eu estava que não percebi em nenhuma das frases de Davi o seu fascínio pela morte?

Aproveitando a fragilidade de Davi eu me rendo àquilo que desejava fazer desde o dia em que o vi pela primeira vez. Inicialmente, beijo seu rosto e me afasto. Davi me olha com ternura e sem protestar, o que me encoraja a seguir adiante. Minha boca vai em direção aos lábios dele. Sem nenhuma resistência nossas línguas se encontram num beijo desengonçado, embriagado, com gosto de álcool e maconha, mas deliciosamente demorado e molhado. Por mim eu teria deitado sobre Davi ali mesmo, sobre o mato que crescia nas ranhuras da pedra, mas é ele quem me afasta colocando as duas mãos no meu peito.

"Que loucura isso...", ele diz esfregando os olhos como se o gesto fizesse brotar uma luz de compreensão sobre o que aconteceu.

"Me desculpe." Confuso, pedir desculpas foi a única coisa que me passou pela cabeça ao ver Davi envergonhado. Então tentei beijá-lo na boca novamente. Eu estava tenso de tanta excitação, impossível de me controlar. Mas Davi vira o rosto, se esquivando de meus lábios e inclinando o corpo para o lado, numa clara demonstração de repúdio.

"Eu não vou te beijar de novo." É o que ouço ele dizer num muxoxo. Uma frase de palavras pausadas, engasgadas numa espécie de mágoa que partiu meu coração.

"Você está bem?" Nesse momento sou invadido por uma preocupação genuína. O desejo de possuí-lo vai sendo substituído pouco a pouco por um forte medo de perdê-lo para sempre.

"Estou bem, mas não sei o que dizer."

"Não diga nada. Espero que não tenha te feito nenhum mal."

"Foi bom, mas não sei se quero fazer isso de novo."

"Tudo bem."

É só o que consigo dizer depois que a garganta se fecha. A voz começa a engasgar. Acendo um cigarro e já não consigo mais encarar Davi. Ouço ao longe latido de cães e o som de uma ave que nos acompanha desde que havia anoitecido. Davi cruza os braços. Seus olhos se distanciam para outra instância muito longe dali.

Não sei se por conta do vinho barato ou se devido à maconha e à ansiedade triplicada por causa do abandono dos antidepressivos, de repente tudo girou. Luzes começaram a cruzar o céu e minha mente captou todo o efeito luminoso como se eu tivesse enlouquecido. Sob meus pés o chão tremeu. Fechei os olhos, o que só piorou o desconforto. Gosto de sangue invadiu a boca. Estou tão triste que não posso evitar a enxurrada de lágrimas. Choro por desprezar a mim mesmo. Davi continua com o olhar fixo à frente. Está tão embriagado quanto eu, o que o faz permanecer indiferente ao meu processo de dor. Quando é que finalmente eu compreenderia que nasci para chorar as dores de não ser amado? Talvez devesse aceitar de vez essa condição. No cemitério, a dor me esbofeteia com maior ferocidade, uma faca a provocar hemorragia interna, culminando numa sangria que não ultrapassa os limites da boca, uma bolha de sangue entre os lábios, um gosto metálico enjoativo que logo me provoca náuseas. Ao tentar cuspir o sangue emplastado, ouço minha própria voz a entoar uma declaração:

"Eu te amo, Davi."

Em vão, tento nova aproximação. Davi se levanta e, bêbado, tem que apoiar num dos túmulos para conseguir ficar de pé. Então se abaixa próximo a mim, ajoelhando-se. Segura a minha cabeça com suas pequenas mãos e força meus olhos em direção aos dele.

"Ainda não estou preparado", diz antes de me envolver num abraço apertado que serve ao menos para fazer diminuir a ansiedade que me retirava todo o ar. "Ainda não consigo. Hoje não."

Procuro me acalmar, respirando profundamente. Dividimos um baseado antes de deixar o cemitério. Voltamos à pousada, com passos trôpegos e inseguros, caminhando numa estrada de terra cuja escuridão da noite sem lua me fez tropeçar várias vezes. Acho que dormimos assim que chegamos ao quarto.

Esses seriam os últimos registros que guardaria do meu conturbado e improvável relacionamento amoroso com Davi.

O táxi parou em frente ao meu jardim pouco mais de onze horas da noite. Uma chuva fina que não chegava a molhar nos saudou ao saltarmos do carro. Davi, com cara de sono desde o momento em que deixamos Mucugê, se fechara em seu mundo. Eu também exalava cansaço e decepção pelo que não ocorreu e, principalmente, pela minha crise de choro, pelo excesso de maconha e vinho e a desastrosa perda do equilíbrio que, a meu ver, fizeram meus planos escoarem pelo ralo, prejudicando, inclusive, as poucas fotografias que tirei.

Eu me aproximei de Davi, apertei sua mão e já ia abrindo a boca para dizer qualquer coisa quando avistei Vanda, na varanda de sua casa, em pé, vestindo um roupão azul, com os braços cruzados e expressão séria no rosto. Simplifiquei a despedida com um aperto de mão e um sorriso desprovido de coragem. Enquanto ele atravessava a rua, acenei para Vanda erguendo o braço, mas ela me ignorou totalmente. Sua reação, creio, se devia ao não cumprimento da promessa que eu havia feito antes de partir. Era sua única condição para que Davi viajasse comigo, porém o aeropor-

Mike Sullivan

to de Salvador ficou fechado para pousos e decolagens por mais de duas horas devido a uma forte tempestade. Consequentemente, não chegamos a tempo para assistir ao culto dominical. Eu poderia ter atravessado a rua para tecer explicações que, a meu ver, justificariam nosso atraso. Mas por temer alguma agressão verbal daquela mulher, decidi deixar a conversa para o dia seguinte, convicto de sua compreensão ao amanhecer.

Davi entrou em casa cabisbaixo e Vanda bateu com tanta força a porta atrás de si que por alguns segundos tive a impressão de que Deus sussurrou no ouvido dela os segredos guardados pelas sepulturas de Mucugê.

Assim que entrei em casa pus a mala no sofá e verifiquei se estava tudo certo com a máquina fotográfica e os rolos de filme. Em razão da ressaca e do sono que se abateu sobre mim, não foi possível fazer outras fotos do cemitério pela manhã. Se não fosse Jeferson esmurrar a porta do quarto, acho que teria atrasado muito mais nossa chegada. Mas foi tão bom ter visitado aquela cidade que fatalmente eu retornaria mais umas duas ou três vezes para me dedicar exclusivamente à fotografia do cemitério bizantino.

Queria me ater apenas às boas lembranças, evitando remorsos advindos dos deslizes cometidos. Tratei de tomar banho, colocar um disco de Nina Simone na vitrola, abrir um Château Guiraud e me sentar no sofá da sala. A música tocando num volume agradável, o vinho que valia uma pequena fortuna engarrafada dissipou o cansaço e afastou o sono, abrindo espaço para uma sensação de paz.

Se no fim valeria a pena o investimento em Davi eu não saberia responder, mas quando você ama alguém (ou acredita desesperadamente que ama), todo e qualquer movimento em direção ao objeto de desejo se torna um ato de bravura. E se o retorno é um mínimo de esperança que transforma em brasa o coração, o que se apodera do espírito é a vaidade. Posso dizer que eu estava envaidecido e abrir uma garrafa de Châteu Guiraud me acariciava ainda mais a alma – um bom vinho pelo qual eu podia pagar, resultado das cifras acumuladas com a venda do meu trabalho fotográfico. Mas nessa noite, não só o vinho, mas pensar em Davi me transbordava de paixão e euforia. O beijo entre nós e o pedido para que eu esperasse até ele estar preparado me diziam que eu estava no caminho certo. Tudo me levava a crer que era só uma questão de tempo. Cabia a mim ter paciência e esperar.

Consumida metade da garrafa, sentia o sono e o cansaço, acrescidos de leve tontura, conduzindo meu corpo. Desabei sobre a cama e não demorei a dormir. Porém, nada me preparou para enfrentar uma longa madrugada de muitas desgraças.

Quando homossexualidade, religião e loucura se misturam é impossível sair ileso. Sentado no banco do passageiro, eu repetia mentalmente essas palavras no instante em que Joaquim Ayala estacionou o carro bem em frente à Igreja Matriz Presbiteriana onde estavam sendo velados os corpos de Vanda e Davi. A frase imbuída de julgamentos, dita por Pietro ao telefone pela manhã, foi o mantra que restou para tentar justificar tamanha desgraça e, ao mesmo tempo, para me questionar quanto à uma provável parcela de culpa.

Nuvens cor de chumbo cobriam o céu e sentia-me como se tragado por aquela escuridão. Óculos escuros ajudavam a esconder meus olhos fundos e arroxeados. Os lábios crispados, a tez pálida e os ombros curvados davam-me a aparência de um ser decrépito. Os cabelos ajeitados com as mãos molhadas antes de sair tinham composto o único gesto para tentar melhorar minha imagem.

Ainda dentro do carro Joaquim tentou, mais uma vez, convencer-me a voltar para casa, repetindo que era suicídio toda essa exposição. Mas não teve jeito. Nada nesse mundo me faria abdicar do direito de despedir-me de Davi. Bastou, porém, alcançar o patamar da escadaria que conduzia à entrada principal do templo evangélico para ser recebido por uma explosão de flashes fotográficos. Em questão de segundos muitos jornalistas e fotógrafos se amontoaram ao nosso redor. Até então, recluso num quarto de hotel, eu não havia dado nenhuma entrevista à imprensa. E era essa confusão com os jornalistas que Joaquim tentava evitar, mas já era tarde para conter o desastre midiático.

Com a ajuda de Joaquim que, com uma das mãos ia abrindo caminho, fui avançando um degrau por vez, sufocado e irritado com os microfones e gravadores apontados em minha direção. Eu passava ignorando as perguntas ouvidas repetidas vezes nas últimas horas. "É verdade que esteve com Davi nos dias que antecederam à tragédia?" "Davi contou alguma coisa sobre o que pretendia fazer?" Por mais que eu fosse importunado estava decidido a nunca mais falar sobre esse caso. "Acha que poderia ter evitado? Qual a sua relação com Davi?"

Quando enfim eu e Joaquim nos posicionamos próximos à porta da igreja, depois de vencermos os mais de cinquenta degraus, os jornalistas e fotógrafos foram impedidos de entrar pelos policiais que formavam uma barreira de contenção, atendendo assim um pedido dos amigos e familiares que, provavelmente, não queriam que a imprensa transformasse aquele momento num espetáculo para aumentar a audiência.

Alterei a atmosfera silenciosa do lugar com minha presença. Ao ultrapassar os umbrais da porta, um burburinho logo se fez ouvir. Sobre a morte de Vanda e de Davi pairavam muitos mistérios. Ninguém sabia exatamente o que

Ninguém me ensinou a morrer

havia motivado Davi a matar a mãe e logo em seguida se suicidar.

Com olhos protegidos pelos óculos escuros, perscrutei o grande salão. Reconheci alguns rostos, dos moradores do condomínio, mas a maioria era desconhecida. Os bancos haviam sido afastados e colocados junto às paredes de forma que os dois caixões ficassem posicionados bem ao centro, cada um deles sustentado por dois pilares de madeira. Uma coroa de flores entre eles era a única ornamentação. Nada de velas ou cruzes. Nem santos. Não suportei olhar por muito tempo aquelas duas urnas lacradas. Não chorei. Parecia que havia chegado ao fim meu estoque de lágrimas reservado para uma vida inteira. Nos últimos três dias não tinha feito outra coisa a não ser chorar e contorcer o corpo sobre a cama.

Um tempo depois, esgueirei-me em passos curtos até os lugares vazios apontados por Joaquim, na extremidade oposta, o que nos obrigou a atravessar todo o salão. Ao sentar-me, tinha as costas empertigadas, as mãos sobre as coxas e o corpo inteiro imóvel. À minha frente, inertes, os dois ataúdes de pinho. Ventiladores próximos às janelas se movimentavam de um lado a outro ajudando a diminuir o forte calor. Sem tirar os óculos escuros, cabisbaixo, meus olhos cravaram-se no piso lustroso de linóleo de onde se desprendia um aroma doce e frutado, bem diferente do perfume mentolado que acostumei a sentir toda vez que Davi se aproximava. Tentei imaginar se o corpo aprisionado no caixão ainda mantinha a fragrância de menta depois de dias acondicionado na gaveta gelada do IML. O que provavelmente deve ter restado era o cheiro enjoativo de for-

205

Mike Sullivan

mol, o nariz entupido de algodão e o início de putrefação, o que justificaria os caixões tampados.

Durante os minutos que se arrastaram, tratei de ocupar o pensamento tentando remontar as peças de um quebra-cabeça que trouxesse luz às sombrias mortes de Davi e de Vanda. Tudo aconteceu na madrugada de domingo para segunda, logo após nossa chegada de Salvador. Naquela noite, fui dormir tarde, profundamente embriagado. Eram quase três horas da manhã quando o som do primeiro tiro me despertou. Pensando, a princípio, que o barulho era parte de um pesadelo, não dei muito importância, mas não consegui mais pegar no sono. Foi então que cerca de quinze minutos depois, ouvi um novo estrondo, seguido do barulho alto das sirenes de uma viatura policial. Já não tive mais dúvidas. Aquilo realmente era o som de uma arma sendo disparada.

Ao olhar pela janela, vi a viatura policial parada em frente à casa de Davi. O desespero invadiu meu corpo. Saí correndo de casa e tentei chegar perto dos policiais para saber o que estava acontecendo, mas de maneira rude pediram que me afastasse. Contendo a vontade de ultrapassar a barreira policial e ir ao encontro de Davi, me juntei aos outros moradores que, reunidos, ouviam a vizinha que morava ao lado da casa de Vanda recontar os fatos: foi ela que, ao ouvir o primeiro tiro, ligou para a polícia pensando tratar-se de um assalto. A polícia chegou pouco depois do segundo tiro. Fez-se silêncio entre eles assim que uma ambulância chegou e de dentro dela saltaram três paramédicos que correram rumo ao interior da casa. Uma nova viatura policial somou-se aos outros carros. O número crescente de poli-

Ninguém me ensinou a morrer

ciais, o silêncio dentro da casa, a ausência de respostas, o suspense.

Voltei para minha casa, peguei uma carteira de cigarros e, ignorando o frio da madrugada, fiquei sentado nos degraus da escada da varanda, olhando fixamente para a movimentação de policiais. Era quase inacreditável que aquilo estivesse de fato acontecendo. Logo depois da viagem que havia feito com Davi. Logo depois do beijo na boca. Depois da esperança que havia inundado meu ser com o encanto do amor. O desespero só aumentou quando os paramédicos deixaram a casa. Corri até um deles em busca de informações. Uma médica jovem disse secamente que duas pessoas estavam mortas. Numa frase curta ela repetiu, fazendo um gesto negativo com a cabeça, fechando os olhos: estão mortos. A mulher e o garoto. Tentei entrar na casa, mas não cheguei nem perto do jardim. Fui imobilizado por dois policiais que, insensíveis aos meus gritos, arrastaramme para o outro lado da rua.

O rabecão chegou próximo das seis horas da manhã, trazendo junto com ele uma áurea pesada de morte e infelicidade. Minutos depois vi os corpos de Vanda e de Davi saindo da casa, envoltos em sacos plásticos, dentro de caixotes cinza de fibra, depositados na caçamba do rabecão.

Naquela manhã, entreguei-me ao desespero e ao pranto convulsivo dentro de meu próprio quarto. Sozinho a espremer a cabeça, ajoelhado no assoalho de madeira, nada podia ser feito a não ser chorar e tentar suportar a dor que partia meu peito em mil pedaços. Novamente a sensação de ter uma faca pontiaguda dançando no estômago transformando todo o interior numa inesgotável hemorragia. Só

207

quando ergui a cabeça em direção ao teto foi que percebi a ira tamanha que sentia contra o Deus em que procurei, apesar de tudo, sempre acreditar. Por que Ele permitiu que isso acontecesse?

No canto do quarto despontou a figura da criança maltrapilha, com pés descalços, olhares perdidos. As lágrimas de coloração rubi despencavam dos pequenos olhos, escorrendo pela face mórbida e formando uma poça de sangue no chão. Ao percorrer com os olhos o trajeto daquelas lágrimas, avistei ao lado da criança a Bíblia aberta. Peguei o livro tomado de fúria, passei silenciosamente pela cozinha e de dentro do armário retirei uma garrafa de álcool e uma caixa de fósforos. Abri a porta dos fundos que dava para a área de serviço. Joguei a Bíblia dentro do tanque e comecei a derramar sobre ela o álcool. Em seguida, mantendo distância segura, risquei um único fósforo e o arremessei no livro encharcado. As chamas logo se acenderam produzindo um clarão. Com olhos marejados, eu encarava sem piscar as cinzas que logo iam se formando à medida que as chamas diminuíam, deixando no ar apenas o cheiro ruim de papel-bíblia queimado. Não era inocente o bastante para crer numa eliminação total da Bíblia e de todas as suas verdades, mas agindo assim cumpria um ritual, imaginando que pudesse fazer aquelas chamas chegarem até às narinas de Deus e que assim que Ele as sentisse tivesse uma prova da minha descrença, do rancor acumulado em meu peito. Só queria que Deus me esquecesse a partir deste momento. Viveria sem a crença de um poder maior e absoluto. Em seguida, ingeri três comprimidos de alprazolam. Adormeci profundamente.

Ninguém me ensinou a morrer

De repente, uma forte tempestade, a chuva grossa tamborilava no telhado e nos vitrais da igreja. De vez em quando meus olhos esbarravam naqueles dois caixões expostos bem à minha frente. A morte de Davi e Vanda poderia muito bem ter passado despercebida. Todos os dias, nos jornais e na televisão, é comum esse tipo de tragédia familiar – marido que mata mulher; mulher que manda matar o marido; filhos que matam os pais. Provavelmente eu não teria dado muita importância se Vanda não fosse minha vizinha e se eu não fosse apaixonado por Davi e, principalmente, se eu não me tornasse o alvo de tantas perguntas que a polícia julgava serem esclarecedoras para o caso. Em meus depoimentos disse o que de fato sabia. Davi não comentou nada a respeito do que planejava, se é que planejava. O que contei ao delegado foi o que observei desde sempre em Davi: alteração de humor, conflito com a religião pregada pela mãe. Omiti o uso de drogas, o nosso beijo e as minhas verdadeiras intenções. Isso ninguém jamais saberá.

O que a investigação policial supôs depois de periciados os corpos e a casa foi que Davi matou a mãe e logo em seguida se suicidou. Vanda foi encontrada morta na sua cama, com um tiro na cabeça, o primeiro tiro que a vizinha ouviu. O corpo de Davi foi encontrado no porão. A arma estava caída ao seu lado. O tiro que o matou entrou pelo céu da boca e saiu pela nuca, deixando um rombo de cinco centímetros na parte de trás da cabeça. A polícia não encontrou vestígios de arrombamento nas portas ou janelas, e nos dedos de Davi constatou-se a presença de resquícios de pólvora. Não havia também sinais de violência na casa. Tudo estava em ordem. Nada fora do lugar. A arma

Mike Sullivan

estava registrada no nome do pai de Davi, que falecera há seis anos.

No dia seguinte, todos os vizinhos foram chamados para depor. Fui o último a ser entrevistado, no fim da tarde. Joaquim quem me conduziu até a delegacia. No caminho, eu tencionava não comentar sobre a viagem a Salvador, mas fui surpreendido pelo delegado ao ouvi-lo dizer que a vizinha que morava ao lado da casa de Vanda (a mesma que ligou para a polícia) contou sobre o fim de semana que passei na companhia de Davi. Então só me coube contar sobre as fotografias do cemitério bizantino de Mucugê e dizer que Vanda havia autorizado. Fato que a vizinha também já tinha confirmado.

O delegado perguntou se Davi falou alguma coisa a respeito de sacrifício de animais ou ritual de magia negra. Ao questioná-lo, o delegado disse que havia sido encontrado no porão da casa uma vasta quantidade de material que levava a crer que Vanda era praticante de magia negra: uma galinha morta, atabaques, tigelas de barro, sangue aspergido nas paredes e uma caderneta que continha uma espécie de passo a passo para um ritual de sacrifício. O delegado fez questão de passar às minhas mãos a cópia dos escritos:

O sacerdote mais velho trará o novilho à porta do templo. Porá a sua mão sobre a cabeça do novilho. E degolará o novilho perante o altar. O sacerdote tomará do sangue do novilho e o trará ao pequeno ungido, recebedor do milagre. O pequeno ungido molhará o seu dedo no sangue e daquele sangue espargirá sete vezes. E toda a gordura do novilho da expiação tirará dele: a gordura que cobre a fressura; e os dois

210

Ninguém me ensinou a morrer

rins, a gordura que está sobre eles, que está sobre as tripas, e o redenho de sobre o fígado. E tudo se queimará sobre o altar do holocausto. Mas o couro do novilho e toda a sua carne, com a sua cabeça e as suas pernas e as suas entranhas e o seu esterco, levará para o terreiro, aos fundos do templo, e queimará com lenha sobre a fogueira. A cinza será comida por todos os presentes.

Passado o susto de ter em mãos tão pavorosa e absurda revelação, neguei que Davi tivesse feito algum comentário sobre tal ritual. Não demorei a ser dispensado. No trajeto de volta para casa, pedi a Joaquim que me levasse para um hotel. Não queria mais ficar naquela vila. Nunca mais. Venderia o imóvel o quanto antes.

Eram quase cinco horas da tarde e o velório se aproximava do fim. O sacerdote responsável pela igreja encaminhou-se para o meio do salão, posicionou-se entre os dois ataúdes e deu início à exortação de palavras cuja principal finalidade era derramar esperança de ressurreição dos mortos numa outra vida.

Tentei prestar atenção no pastor, porém meus olhos só registravam diante de mim uma névoa difusa. Lá fora chovia a cântaros. Era inacreditável que a comunidade cristã não tenha se abalado com as suposições de que Vanda era praticante de magia negra e nem tampouco com o comprovado suicídio de Davi, algo que na visão evangélica constituía-se um pecado mortal, sem perdão. Na minha memória deixou de existir a imagem da mulher que ministrava cultos evangélicos todos os domingos. Restou somente a figura diabólica de uma bruxa. A mulher que saía de casa com a desculpa de visitar hospitais, mas que na verdade deveria estar pelas esquinas da noite a plantar feitiços e a cantar para os espíritos.

De repente iniciou-se uma cantoria. A visão cada vez mais embaçada. A tortura próxima do fim. As lágrimas ressurgindo impetuosas. Os lábios espremidos como se assim pudessem aliviar toda a dor. Enquanto isso o povo cantava com euforia num aspecto de revolta:

Cristo é a esperança. É do mundo o Redentor. Nele há confiança, vida, paz e amor.

Aos poucos a igreja foi ficando silenciosa. Às cinco horas em ponto os caixões foram retirados do salão. Vanda e Davi seriam enterrados no cemitério municipal a poucos quilômetros dali. Inconsolado, chorei alto depois que todos foram embora. Por mais que desejasse, não houve forças para seguir até o cemitério. Com a cabeça amparada no ombro de Joaquim, a pergunta que ancorou no meu peito se repetiria por dias a fio: como sobreviver à perda de um amor?

Nos primeiros dias após o sepultamento, eu me isolei num quarto de hotel, e na escuridão do quarto, fumava e bebia sem parar. Um luto constante. Nada era suficiente para aquietar o espírito. De madrugada, acordava meio perdido, o coração batendo acelerado, ia até o banheiro e vomitava um líquido amarelo. O estômago sempre vazio e sem fome. Em seguida voltava para a cama, tateando a parede. Tinha medo de acender a luz. Com a cabeça no travesseiro pensava em Davi. Uma sensação de impotência, entregue a uma solidão absoluta. Por mim, poderia morrer ali, naquele quarto de hotel. Sozinho, aniquilado, sem banho, barbudo e amaldiçoando um Deus que eu havia decidido deixar de acreditar.

Mas dias depois eu recebi duas visitas importantes: Pietro – a figura estereotipada do homem miserável avesso às convenções sociais, e Joaquim Ayala – o representante eleito pelas fotografias me chamando de volta ao trabalho. Hoje eu entendo que, na ocasião, ambos significavam derivações de um instinto de sobrevivência que faltava em mim. Ambos foram imprescindíveis para que eu não me encontrasse mais uma vez com a maldita depressão.

Pietro me encontrou no quarto deitado na cama, de lado, o olhar dirigido a canto nenhum. Sentou-se numa poltrona à minha frente, acendeu um cigarro e deu a entender que era indiferente ao meu sofrimento.

"Vai ficar aí nessa cama até quando, Miguel?", ele disse esticando as pernas e cruzando as mãos sobre o colo, me cravando seus olhos cuja experiência de vida se fazia transparente neles.

Calei-me, resignado. Fechei os olhos e quando voltei a abri-los, devolvi uma pergunta a Pietro:

"Por que Deus permite coisas assim?" Lembro-me de que voltar a ouvir o som de minha própria voz depois de tanto tempo sozinho fez parecer que para além de mim existia um ser nauseabundo irreconhecível.

"Sempre me pergunto onde Deus está quando tragédias acontecem. Não recebo nenhuma resposta em troca. E sabe o que isso significa? Que a vida é assim. Imprevisível. Basta estar no lugar errado e na hora errada que uma desgraça acontece. Mas também pode ser que a desgraça tenha lá a hora e o lugar certo para acontecer." Ao fazer uma pausa, Pietro enfiou a mão no bolso da jaqueta e tirou de lá um saquinho plástico transparente. Em seguida me deu uma ordem. "Sente-se, Miguel. Vou te ajudar a sair dessa."

Com dificuldade, ergui meu corpo dolorido e pus os dois pés no chão frio, apoiando as mãos nos joelhos. Meus olhos passaram a acompanhar atentamente os movimentos calculados de Pietro. Primeiro, ele limpou a superfície do criado-mudo. Depois, derramou sobre o móvel o pó branco que estava dentro do saquinho. Com um cartão fez três carreirinhas e com uma nota de dinheiro enrolada em forma de canudo aspirou uma delas.

"Sabe por que existem essas porcarias?", perguntou e, antes mesmo que eu abrisse a boca, ele mesmo concluiu: "Pra que a gente possa suportar esta vida de merda. Então, se a vida sempre vai fuder com a gente uma hora, cabe a nós fudermos com ela primeiro".

Naquele estado em que me encontrava, eu teria me entupido de veneno se me fosse sugerido. Então, meio sem jeito, arranquei da mão dele o canudo de papel, abaixei a cabeça até quase encostar no móvel, enfiei no nariz uma das pontas e a outra aproximei do pó. Inalei com raiva as duas carreiras na sequência.

"Vou deixar o restante do pó com você. Mas aprecie com moderação. Isso vai te ajudar a pensar. É um santo remédio. Só existem duas opções de fuga para alma: a loucura e a morte. A loucura conduz à liberdade. A morte, ao esquecimento." Depois disso ele levantou e foi embora.

Com o pó fazendo efeito, o quarto assumia dimensões estranhas. Parecia menor. O barulho insistente das batidas do coração martelando na cabeça. A explosão de uma bomba no peito. Todos os sentidos mais alertas. Nada de fantasmas nem de luzes. Tudo que eu sentia era uma excitação que fazia com que todos os sentimentos transbordassem numa oscilação constante entre o extremo angustiante da tristeza e um pico de euforia. De repente eu me dei conta de que só conseguiria continuar vivendo se pudesse estar sempre em contato com aquele acesso controlado à loucura.

Joaquim Ayala foi ao meu encontro três dias depois. Deixei-o sozinho no quarto por alguns instantes enquanto eu tomava banho. Quando saí, sentei-me à pequena mesa de dois lugares para ouvir o que ele tinha a dizer. Com expressão séria e compenetrada, Joaquim me colocou a parte dos últimos acontecimentos e traçou um plano que, de certa forma, me trouxe de volta à vida, assim como a cocaína.

"Você precisa agir rápido, Miguel. Sei que deve estar sofrendo muito com a morte desse rapaz, mas acho que deve aproveitar o momento." Fez uma pausa e me encarou fixamente. Como eu não reagi, ele completou. "A imprensa explorou a morte desse rapaz o quanto pôde e mediante seu depoimento tornou-se público o seu envolvimento no caso. O que todos querem saber agora é o que se passou naquele fim de semana em Mucugê. Fui procurado por alguns jornalistas, mas só disse que você foi à Bahia com Davi para fotografar um cemitério histórico desconhecido. O que temos agora é uma curiosidade exacerbada a respeito desse projeto, Miguel. A crítica e a imprensa estão interessadas no que você tem a lhes mostrar. O que me diz?"

"Na verdade fiz poucas fotografias quando estive em Mucugê", falei com dificuldade. A voz rouca proveniente de dias em silêncio. "Seria necessário voltar à Chapada Diamantina."

"Então faremos isso o quanto antes", disse Joaquim exultante, batendo com força a mão espalmada na mesa.

"Não sei se consigo." Meus olhos ficaram molhados.

"E por que não? Vou com você."

"Seria terrível voltar. Reviver todas as emoções..."

Ninguém me ensinou a morrer

"Mas pense bem, Miguel. Isso não é ruim. Deve apenas transportar para as fotografias seus sentimentos, sejam eles quais forem. Não é da minha conta o que aconteceu entre você e esse rapaz, mas é do meu interesse, sim, zelar pelo seu trabalho e fazer com que você não desperdice seu talento, trancado aqui nesse quarto de hotel. Faça o que você faz de melhor: transforme a dor em arte. Arrume as malas. Eu cuidarei de tudo."

Retornei a Mucugê na tarde do dia seguinte. Durante uma semana, em meio a lágrimas, sem negar a dor das lembranças, fiz várias fotografias do cemitério bizantino. A exposição, um mês depois, foi um sucesso, como previa Joaquim, e deu início a uma nova etapa na minha carreira, quando passei a ser considerado um fotógrafo maldito. Na noite de estreia, no vernissage organizado no Centro Cultural Banco do Brasil, no Rio de Janeiro, cheguei atrasado e bêbado. No momento da entrevista comecei a chorar convulsivamente e ao ser perguntado por uma jornalista sobre o meu envolvimento com o jovem Davi, respondi que a minha maior maldição tinha sido nascer gay. Bebi ainda mais e saí da festa com a ajuda de Joaquim.

Daí em diante, além de maldito, minha imagem passou também a ser associada à embriaguez, às drogas e a uma série de escândalos dos mais variados tipos – fui expulso de boates, preso por porte de drogas e até envolvimento com prostituição de menores. Mas tudo isso, estranhamente, contribuiu ainda mais para aumentar a minha popularidade.

Na falta de um amor verdadeiro, me entreguei a uma vida de orgias e drogas em excesso. Alcoolizado e drogado

217

Mike Sullivan

eu me exaltava, sorria de forma exagerada, transava com desconhecidos. Sóbrio, limpo, eu era calado, não falava com os jornalistas e exibia uma timidez angustiada. O resultado foi que, nos dez anos que se seguiram à morte de Davi, minha conta bancária engordava a cada dia, fiz vários trabalhos fotográficos, vendi a casa da vila e comprei um novo apartamento, viajei bastante. Em lugares desconhecidos, fiz uso do ópio, que me oferecia um descanso eficaz, um sorriso sem culpa, a leveza de ver desaparecer por alguns momentos a desesperança que me abraçou após a morte de Davi e, consequentemente, do amor. Descobri o LSD, que proporcionava uma "onda" mais intensa que a cocaína. Transava com garotos de programas e, com a mente entorpecida pelo ácido, gozar e deixar gozar dentro permitiram uma experiência única, tamanha a sensação de liberdade e supremacia. O único problema era a temida "bad trip". Fui aconselhado a nunca olhar no espelho enquanto estivesse sob efeito do ácido. Mas os demônios que sempre me acompanharam me forçavam a encarar meu rosto no espelho sobre a pia do banheiro. No meu reflexo o fantasma da criança morta e ensanguentada surgia convergindo nossos rostos num único e terrível monstro cujo corpo beirava à sepultura.

Quando começava a passar o efeito do ácido, a sensação era desagradável – melancolia ao extremo. Para amenizar todo esse desconforto passei a ingerir ópio assim que os efeitos do ácido chegavam ao fim. Essa combinação evitava que eu dormisse o dia inteiro, além de amenizar o desconforto e o esgotamento proveniente do fim do ácido. A serenidade que o ópio me impunha me ajudava a me alimentar

Ninguém me ensinou a morrer

e me recuperar do profundo cansaço após uma sessão de LSD que chegava a durar por toda a noite. Mesmo chapado, continuei fotografando. Revisitei muitos cemitérios e cheguei a conhecer alguns outros interessantes. Passei a fotografar com câmera digital, o que facilitou o serviço apesar de não ter alterado muito o meu processo de seleção das fotografias. Fotografo e descarrego as fotos no computador, Joaquim e seus assistentes preparam as pranchas de contato, eu escolho as melhores fotos e eles fazem as cópias de leitura. Isso porque nunca quis aprender a editar no computador. A vantagem do digital é não precisar levar na bagagem centenas de rolos de filmes.

Porém, no decorrer dos últimos anos, eu sentia uma íntima e profunda necessidade de parar. Pretendia encerrar a carreira de forma digna, grandiosa. Mas para isso eu devia encontrar uma necrópole que desse conta do recado.

Num determinado fim de tarde recebi um e-mail de Joaquim com a indicação de um cemitério popularmente chamado de "Vale do Medo" ou 'Vale da Morte". O e-mail era sucinto. Trazia somente essa informação e uma única foto onde vi, surpreendido, um amontoado de caixões pendurados na montanha.

Me pus em frente ao computador, abri a página do Google e digitei o nome do cemitério. Começou a surgir então uma série de links que faziam referências à necrópole. Poucas vezes, até ali, a sugestão de um novo cemitério para fotografar me animou tanto.

No "Vale do Medo", localizado em Sagada, ao norte das Filipinas, os mortos são pendurados no ponto mais alto das montanhas. Alguns esqueletos estão expostos em cavernas

Mike Sullivan

e fora delas, em posições nada convencionais. Pelo que li essa prática faz parte de um ritual para homenagear os entes queridos. Outros caixões são colocados nas frestas das montanhas. O "Vale do Medo" é assustador, chocante e, ao mesmo tempo, bizarro.

Debruçado sobre o computador, abrindo várias páginas, visualizando as imagens já existentes, avancei noite adentro, sem me dar conta da passagem do tempo e da escuridão que se derramou sobre a sala. A região onde se encontrava o "Vale do Medo" era montanhosa, de difícil acesso. Eu precisaria de um bom guia, e algum preparo. Nada seria mais autêntico do que fotografar pela última vez um cemitério batizado de "Vale da Morte".

Passava das dez horas da noite quando olhei no relógio de pulso. Desliguei o computar e acendi a luz da sala. Minha vista estava cansada, mas exultante com a perspectiva de um novo projeto. Decidi sair de casa exclusivamente para espairecer, ouvir boa música, beber alguma coisa. Não ansiava por companhia naquela noite. Na mente só havia espaço para as imagens gravadas do norte das Filipinas.

Sem drogas eu teria morrido de tristeza mais cedo. Antidepressivos, álcool, cigarros, maconha, amores platônicos, cocaína, sepulturas, LSD – tudo se aderiu à volta. Se por um lado sobrevivi às tragédias, por outro sou o oposto daquilo que poderia ter sido caso a vida fosse mais generosa.

Num bar gay, sentado com os braços apoiados no balcão, bebendo uísque e absorto em ruminações, não percebi a aproximação do boy.

"Traga uma água tônica para ele agora", disse o rapaz ao levantar uma das mãos e se dirigir ao jovem atendente do outro lado do balcão.

"Por acaso foi pra mim que você pediu essa água?" Incrédulo com a situação, movi o olhar em direção a ele. A princípio tive a impressão de estar diante de um rosto conhecido.

"Posso te salvar?", ele disse movendo-se para o lado, abrindo as pernas, deixando exposto aos meus olhos o grosso volume que se apresentava espremido pela calça jeans. Os olhos claros iridescentes dele brilhavam ainda mais sob a fraca luz.

"Não preciso de salvação." Pensei em mandá-lo embora, dizer que não ia rolar, mas ao invés disso, sorri fracamente ao balançar a cabeça. O efeito do álcool começava a alterar meus pensamentos.

"E o que o faz ter tanta certeza?"

Misteriosamente, eu tinha a sensação de déjà vu. Não só o rapaz, mas o lugar, a situação eram comuns. O tilintar do gelo era o único som que se ouvia entre nós dois. Por alguns segundos, não encontrei nada interessante para comentar. Só sorri. Sorri sem pressa. Meio debilmente.

"Seu rosto, seu jeito... Nada em você é estranho!" Vi surgir no rosto do rapaz enigmático um novo e largo sorriso, num efeito automático. "Vou aceitar seu conselho e beber a água tônica", eu disse, sorvendo um gole da bebida, numa postura mais séria, mas longe de estar aborrecido. "Quem é você?"

"Kaio Rocha! Que tal se fôssemos para outro local?" Numa nova investida Kaio apoiou uma de suas mãos na minha coxa e passou a alisá-la. Ato contínuo acariciou o meu rosto e falando bem baixinho, próximo ao ouvido, reforçou o convite. "Você não quer ficar mais à vontade comigo? Garanto que não vai se arrepender."

Por um instante fui permissivo. Deixei que se estendesse a amostra grátis. As pessoas que lotavam o bar – bêbadas e perdidas na névoa de seus próprios cigarros – mostravam-se distantes e desinteressadas com qualquer coisa que estivesse acontecendo ao redor. Esse assédio dos garotos de programa era comum. Travestis, gays, lésbicas e michês dividiam o mesmo espaço sem conflito de interesses.

Acendi um cigarro e me peguei olhando afetuosamente para o rosto bonito do jovem rapaz. Até que não seria ruim tê-lo na cama para encerrar a noite. Kaio tinha cara de quem sabia fuder. Aparentava uns trinta anos, no máximo. Em outro momento, outra situação, sem me preocupar com o preço que seria cobrado pelo programa, teria arrancado

Ninguém me ensinou a morrer

Kaio dali e juntos iríamos para o motel mais próximo ou até mesmo para minha casa. Mas hoje, eu não tinha essa disposição para ter como companhia um homem que só iria oferecer sexo ou uma interpretação barata por intermédio de gestos mecânicos milimetricamente calculados. Hoje, eu só queria beber mais umas duas doses de uísque, entrar no meu quarto e apagar, sem sonhos e lembranças do passado. O jeito seria dispensar Kaio. E foi isso que fiz.

"Kaio, hoje eu não tô a fim."

"Mas por que, gatão? Eu tô doido pra jogar um leite."

"Não vai rolar. Ok?"

Tentando disfarçar o aborrecimento, Kaio afastou-se lentamente. Cravou seus grandes olhos em mim tentando identificar se o que eu dizia era de fato verdade. Sem qualquer expressão no rosto que sugerisse dúvida, pedi ao barman que me trouxesse outra dose de uísque. Entendendo a recusa, Kaio tratou de ir embora.

Tudo é saudade e maldição no reino dos melancólicos, refleti ao sabor do uísque que se tornara muito mais amargo com o acréscimo de lembranças ruins que afloraram num ímpeto maldito, sem piedade. Seria preferível ter ficado em casa construindo planos de viagens para as Filipinas se soubesse que ficaria diante de um garoto de programa muito idêntico a outro com quem me envolvera há mais ou menos um ano, num relacionamento dispendioso que envolveu presentes caros e uma estranha viagem.

Tinha conhecido Diogo numa sauna, no centro da cidade. Nenhum outro homem me fudeu tão bem quanto Diogo que, assumindo gostar tanto de homens quanto de mulheres, permitia-se de tudo na cama. Porém, Diogo, va-

Mike Sullivan

lendo-se da experiência adquirida em anos lidando com homossexuais, viu em mim um homem carente e com algum dinheiro. Carência e grana sãos dois artifícios que os michês exploram a fim de garantir um cliente fixo. Diogo ia a minha casa quase todos os dias, mas, em alguns fins de semana, simplesmente desaparecia, algo que eu tentava entender por se tratar de um garoto de programa que ainda fazia negócios com outros homens. Como forma de não me irritar ou na tentativa de não manifestar ciúmes, utilizando-se de uma tática que visava demonstrar compreensão e amor, presenteava Diogo, em todos os reencontros, normalmente com presentes caros: correntes de ouro, relógios importados, depósitos alarmantes em sua conta pessoal, roupas de grife e, no auge dessa tentativa de conquista, até uma moto o michê ganhou de presente.

Fora a extorsão, ingenuidade à parte, fantasias e o sexo profissional, o que de pior aconteceu entre nós dois foi a tragédia ou a "cena de um crime" com que nos deparamos. Certa vez, comentei com Diogo que tinha vontade de acampar – fazer trilha, preparar a própria comida numa fogueira improvisada, dormir numa barraca. Empolgado, Diogo relatou suas histórias de acampamento com amigos num descampado longínquo, e entendendo minhas intenções de maneira aprazível, não tardou em me convidar para visitar esse lugar, o que me deixou animado. No dia seguinte mesmo comprei os materiais necessários: sacos de dormir, barraca, pequenas panelas, macarrão instantâneo, cigarros, vodca, garrafas de água, mochilas gigantes e partimos para a aventura. Fomos no meu carro. Saímos bem cedo, por volta de cinco horas da manhã. Diogo foi

Ninguém me ensinou a morrer

dando as coordenadas. Em determinado ponto, depois de enfrentarmos vários quilômetros de uma estrada de terra cheia de buracos, chegamos a uma pequena cidade. Diogo disse que teríamos que deixar o carro ali e seguir a pé até o local onde, segundo ele, era ideal para montarmos nossa barraca. Embrenhamos mata adentro. Impressionante que na companhia de Diogo eu me sentia mais corajoso e confiante. Mas toda essa confiança esvaiu-se quando a noite foi surgindo pouco a pouco e Diogo admitiu, constrangido e arfando, que estava perdido. Não reconhecia mais o lugar e nem sabia como voltar. A despeito de não estar sozinho, fui tomado por forte ansiedade e taquicardia, comecei a rodar em volta do próprio eixo, olhando para todos os cantos, sem nem sequer fazer ideia do caminho que seria preciso fazer para chegar ao carro.

Andamos mais algumas centenas de metros. Tudo era mato e montanhas. Minhas pernas já não me obedeciam. Em determinado momento, meu corpo desabou e vi Diogo se distanciando até desaparecer. Minutos depois reconheci os gritos dele chamando por mim. Quando ele se aproximou, pegou em minha mão e me pediu para segui-lo. Disse que havia encontrado um casarão na encosta de uma montanha, e que as luzes da casa estavam acesas e que poderia ter alguém lá a quem pudéssemos pedir ajuda.

Ao avistar a casa de madeira cravada nos pés da montanha, fui remetido automaticamente ao filme *Psicose*. A fluidez de um silêncio perpétuo, apesar das luzes acesas. Assim que abrimos o portão de madeira e seguimos adiante por uma pequena trilha de cascalhos, sentimos um forte cheiro de podre. Parados diante da porta principal, Diogo

227

olhou para mim como se me perguntasse se eu também sentia aquele fedor de animal apodrecendo. Fiz um gesto afirmativo com a cabeça. Seguiu-se a esse infortúnio um minuto de hesitação de ambos. Era preciso refletir se queríamos entrar na casa ou recorrer a outra espécie de ajuda. Mas quando pensei em abrir a boca para dizer que fôssemos embora, Diogo começou a bater na porta com a mão espalmada. O som seco das pancadas ecoando pela mata escura atrás de nós e a ausência de respostas de uma casa iluminada, mas aparentemente inabitada, aumentaram ainda mais minha angústia.

"Você ouve isso?", perguntou Diogo, grudando a orelha na porta.

"Não ouço nada."

"Presta atenção, Miguel. Ouve só. Parece alguém gemendo."

"Isso está me assuntando, Diogo. Vamos embora."

"Faz um esforço, cara. Você também vai ouvir."

Colei minha orelha à madeira áspera da porta. Fechei os olhos e, tentando ignorar o cheiro ruim, concentrei-me em ouvir qualquer coisa. Bastou alguns segundos de quietude para que eu pudesse ouvir, com temor, fracos gemidos que vinham de algum lugar dentro da casa. Afastei-me da porta e implorei a Diogo que fôssemos embora.

"E se for alguém precisando de ajuda? Vamos entrar", disse Diogo resoluto, girando a maçaneta. Eu ainda tentei resistir à ideia de entrar na casa, mas ao me ver sozinho na escuridão que se avolumou, resolvi acompanhá-lo.

Lá dentro, nos deparamos com um ambiente decrépito. Na sala, uma estante de carvalho entupida de livros velhos de capa dura e uma TV, um grosso tapete de proporções gigantescas estendido no meio, rodeado por poltronas de couro marrom. Tudo isso ornado com uma espessa camada de poeira.

Estiquei a gola da camisa até o nariz. O cheiro fétido era tão forte que passou a arder os olhos. Vi que Diogo fazia o mesmo com sua camisa. Depois o vi apontando para um corredor, sugerindo que os gemidos vinham daquela direção.

Avançamos pelo estreito corredor. Seguíamos os ruídos que vinham do último quarto, o único iluminado e cuja porta estava aberta. A cada passo, aumentavam os gemidos agonizantes.

Dentro do quarto, contemplamos um cenário macabro e inimaginável. Sobre a cama de solteiro jazia o corpo de um homem completamente nu, que respirava com a ajuda de um aparelho mecânico. Não fossem os gemidos passaria por morto. Levei as duas mãos ao rosto. O cheiro insuportável não nos expulsou de imediato. Havia ainda outro corpo próximo à cama. Uma mulher, também nua, com o rosto mirando o teto e com um corte profundo no pescoço. Moscas disputavam cada pedaço de sangue coagulado em grande quantidade ao redor dela.

"Vamos embora, Diogo."

"Não. Não podemos. Este homem ainda está vivo. Não vê?" Impassível, Diogo aproximou-se do corpo do homem a emitir gemidos incessantes. Viu ao lado da mulher uma faca enorme suja de sangue. Julgou ter sido a mesma que provocou o corte no pescoço, mas não conseguia imaginar como se construiu aquela cena de horror.

Mike Sullivan

"O que fazemos então?", perguntei, voltando-me para a porta como se um maluco assassino fosse entrar a qualquer momento para nos matar da mesma forma.

"Não tem ferimentos no corpo desse homem e esse aparelho de respiração ainda funciona", averiguou Diogo rodeando a cama.

"Será que nos ouve?"

"Não sei."

"Pergunte qualquer coisa, então."

"Perguntar o quê?"

"Sei lá."

"Ei. Ei, cara." Diogo falou bem próximo ao ouvido do corpo inerte, mas logo teve que se afastar pois o cheiro que desprendia da pele suada daquele homem começou a causar-lhe náuseas e tonturas.

Não houve respostas. Só gemidos. Os olhos ainda fechados.

"A gente precisa impedir que ele morra. Esse aparelho de respiração parece estar aqui há algum tempo, pode pifar de uma hora pra outra", disse Diogo convicto.

"Tem ideia do que fazer?", perguntei, próximo da porta.

Diogo tirou o aparelho celular do bolso da calça, mas a ausência de sinal persistia. Impossível ligar.

"Preciso que fique aqui, Miguel. Vou subir o morro atrás da casa. Talvez lá do alto haja sinal no celular. Assim, ligo para o corpo de bombeiros."

"Vou com você."

"Não. Sozinho vou mais rápido."

"Estou com medo."

Ninguém me ensinou a morrer

"Não acredito que estou ouvindo isso de alguém que ganha a vida fotografando cemitérios."

"É diferente, Diogo. Nos cemitérios não encontro gente agonizando à beira da morte."

"Não se preocupe. Volto logo. Preciso tentar fazer essa ligação. Além de salvarmos a vida desse homem, salvamos também a nossa. Não sabemos como sair daqui, lembra?" Os lábios trêmulos de Diogo se distenderam num amplo sorriso que foi o bastante para me convencer.

Quando Diogo deixou-me sozinho no quarto com cheiro de podre, descobri que suava em bicas, padecendo de um estado febril, mergulhado em profunda lassidão. Eu poderia muito bem ter saído da casa e esperado lá fora, onde, não tenho dúvidas, o vento me refrescaria com ar renovado e mais fresco, no entanto, se por ausência de forças para retroceder à sala ou se por curiosidade mórbida, meus dois pés fixaram-se de maneira eficaz no chão, ao lado do homem.

Tudo naquele lugar recendia à mistura de restos de comida, sangue, urina, fezes e carne humana apodrecendo. Nem nos mais míseros cemitérios pelos quais passei o odor era tão ruim. Minha camisa colada ao nariz não aliviava em nada o desconforto. Procurava respirar pela boca, mas o ressecamento dos lábios e da garganta me obrigava de tempos em tempos a inalar uma grande quantidade de ar pelo nariz.

O que imperou, então, foi a rigidez do meu corpo, o suor incessante e as lembranças que chegavam arrebatadoras, apunhalando o estômago, acelerando o coração e a respiração. Os gemidos incessantes daquele homem me remetiam ao meu pai, que, padecendo de semelhante sofri-

Mike Sullivan

mento, morreu à custa de muita dor. A magreza anoréxica, os lábios sem cor, o cabelo ralo, a sonda enfiada no nariz. Já não via mais um desconhecido. Via meu pai, gemendo, exalando um cheiro ruim a cada vez que tossia, clamando por doses cada vez mais elevadas de morfina. Acompanhei bem de perto os seus últimos dias de vida. Esgueirando-me, subia sorrateiramente as escadas e me punha a ficar sentado no canto oposto à cama, de onde, sabia eu, nada podia fazer para salvá-lo a não ser, como um gesto de solidariedade, fazer-lhe companhia.

Passada a letargia inicial, fui me aproximando do desconhecido, pelo outro lado da cama, de onde não podia ser afugentado pela imagem da mulher morta e banhada de sangue. Ao chegar perto, sou assombrado pela mesma pergunta dos tempos em que vi papai morrendo no leito, enchendo os muitos penicos com um líquido que vomitava continuamente, como se o câncer no esôfago, além de matar as células saudáveis, produzisse quantidade infinda de excreções: "Como dar fim a esse sofrimento?". Confesso que até alimentei, por um tempo, a ideia de matar papai, sufocá-lo com o travesseiro exercendo pressão sobre seu rosto, aplicar-lhe na veia uma quantidade mortífera de morfina ou em último caso uma pancada nociva na cabeça. Mas o que não fiz com papai renasceu num ímpeto furioso para fazer com esse homem. Ninguém nunca saberia. Pouparia esse pobre infeliz. Arrancar da tomada o aparelho que ronronava num indício de esgotamento era uma hipótese, ou utilizar a mesma faca jogada no chão para cortar-lhe o pescoço. Depois era só convencer Diogo a irmos embora.

Ninguém me ensinou a morrer

Dormiríamos debaixo de uma árvore na floresta e no dia seguinte, com calma, procuraríamos o carro.

Contudo, nada disso eu fiz. Apreciei solenemente, como quem vela um ente querido, o rosto de papai sobrepondose à face lúgubre daquele outro corpo sem vigor. O resultado dessa experiência alucinógena elevou espontaneamente minha mão até que ela tocasse a face férrea e gelada do semimorto. E no instante seguinte, as pálpebras do homem se ergueram com força. Seus olhos brilharam enfurecidos. Os gemidos intermitentes tornaram-se mais fortes. Eu recuei derrubando alguma coisa atrás de mim. Meus pés vacilantes desequilibraram meu corpo. Corri. Avancei veloz pelo corredor ignorando a paisagem de minha sombra bruxuleante na parede. Ao alcançar a porta da sala, diante da escuridão enigmática e brumosa, entrei em pânico. O pensamento de fugir e ao mesmo tempo de ficar. Segundos depois, num misto de susto e alívio, vejo a aproximação de Diogo que, me abraçando, me dizia que tudo estava bem. Só então notei que estava acompanhado de um velho senhor.

Diogo subiu pela encosta até o mais alto que pôde. Não obteve êxito quanto ao sinal de celular, mas lá de cima avistou outra casa, também iluminada. Foi do telefone fixo dessa casa que ligou para o corpo de bombeiros. A ambulância demorou a chegar devido ao difícil acesso. Os médicos constataram evidências que configuravam a ocorrência de um crime. Acionaram a polícia após o atendimento inicial ao homem agonizante. A mulher, informaram, estava morta e seu corpo em fase avançada de putrefação. Contamos aos policiais tudo o que vimos, sem omitir qualquer deta-

Mike Sullivan

lhe. Em seguida fomos liberados e obtivemos ajuda para encontrar o local onde havíamos estacionado o carro. Estranhamente, depois desse ocorrido, perdi o interesse por Diogo. Disse diretamente a ele que não queria mais vê-lo e desde então passei a não mais atender suas ligações. Era o fim. Matar a paixão que sentia por Diogo era a única maneira que encontrei de sepultar também a imagem aterrorizante daqueles corpos encontrados na montanha. Mas nunca esqueci.

Por mais uma hora, permaneci no bar. Passava das três da madrugada. Não estava completamente bêbado. Só um pouco alterado. Ainda era possível dirigir, concluí. Paguei a conta e esperei alguns minutos na calçada do bar até que trouxessem meu carro.

Cem metros à frente, parado no sinal, avistei Kaio na esquina, com os braços cruzados, os olhares tentando captar desesperadamente tudo à sua volta, na esperança de que um programa de última hora salvasse a madrugada e garantisse os trocados do dia seguinte.

Sequer pensei antes de apertar a buzina três vezes e acionar o botão que fez abaixar o vidro do lado do carona. Não sei bem se por compaixão, misericórdia, caridade, tesão, ou simplesmente curiosidade para saber o que aquele rapaz tinha a oferecer. O certo é que Kaio despertou mediante o barulho e, ao avistar meu carro parado no sinal de trânsito numa rua semideserta às três da madrugada, veio correndo ao meu encontro. Nesse tipo de relação, não é preciso muita conversa ou acordos verbais para entender o que está para acontecer. Bastou que Kaio colocasse a cabeça dentro do carro e me reconhecesse. Sem perguntas, ele abriu a porta,

234

Ninguém me ensinou a morrer

sentou-se ao meu lado, colocou o cinto de segurança, esfregou uma mão na outra, e sorriu ao mover o rosto grande e quadrado em minha direção. De certa forma, aquilo me deixou excitado. Pagar por uma transa, sentir que se tem controle sobre outra pessoa, conquistar algo através do seu dinheiro, é sempre garantia de prazer. Eu havia aprendido isso durante o decorrer dos últimos anos. Ao abandonar a crença no amor, em Deus, adquiri liberdade para gozar da maneira que eu bem entendesse.

Kaio entrou calado no meu apartamento. Vasculhou com o olhar cada canto da sala, parando, enfim, com ar de surpresa e admiração, em frente à parede onde ficavam minhas principais fotos e títulos acumulados ao longo dos anos.

"Fique à vontade, Kaio", eu disse tirando os sapatos e a camisa. "Preciso tomar um banho, é rápido."

"Ei, vem aqui", disse ele, puxando-me para mais perto do seu corpo grande e, sem me dar tempo, tascou-me um beijo na boca, intenso, demorado, deixando-me sem reação. Meu pau ficou duro na hora. Seria capaz de gozar naquele instante mesmo. "Não quer namorar um pouquinho antes do banho? Também podemos tomar um banho juntos!"

"Não. Senta aí e descansa, eu volto já", eu o empurrei, desvencilhando-me de seus braços. Caminhei para o banheiro onde, por cerca de dez minutos, me isolei. A água morna sobre a cabeça não aliviava o julgamento que essas loucuras impunham à minha existência imediatista, entregue inteiramente ao prazer cuja satisfação se desfaria em questão de segundos. Eu tinha consciência de que iria transar com um profissional do sexo, pagar caro pelo serviço,

Mike Sullivan

despedir-me e fechar a porta sabendo que nunca mais voltaria a vê-lo. Era sempre assim.

Ao sair do banheiro, nu, tive uma grande surpresa. Kaio, só de cuecas, dormia profundamente, com o corpo grandalhão esticado sobre o sofá. A visão era esplêndida e sugestiva o bastante para que eu o acordasse. Mas só o que fiz foi jogar sobre ele um lençol. Em seguida, refugiei-me no meu quarto, deixando a porta entreaberta. Fumei um baseado e apaguei rapidamente num sono profundo.

Por volta de onze horas da manhã fui despertado pela campainha de um telefone celular. Com metade do corpo erguido, apoiando-me sobre os cotovelos, uma dor de cabeça insuportável, olhei para o lado tentando visualizar o meu telefone, mas, tão logo notei meu celular apagado sobre o criado-mudo, percebi que a música vinha da sala. Só então me dei conta de que lá ainda dormia um michê que eu tinha feito o favor de trazer para casa na noite anterior. O som da campainha foi interrompido para dar lugar à voz rouca e abafada de Kaio, mas num volume tão baixo que foi impossível ouvir com quem e sobre o que falava. Minutos depois ouvi seus passos caminhando no corredor em direção ao meu quarto.

"Bom dia, lindão", disse Kaio abrindo um largo sorriso como se o mau humor matutino tão presente em mim não fizesse parte de sua personalidade aparentemente encantadora.

"Bom dia", respondi apoiando os pés no chão, sentindo uma pressão esmagadora na cabeça, concentrada na nuca, a parte que mais doía toda vez que eu enchia a cara de uís-

Mike Sullivan

que. "Vou preparar um café pra gente", eu me apressei em dizer ao notar que ele já havia se vestido e calçado o tênis, dando a entender que tinha pressa.

"Eu sinto muito, Miguel. Mas preciso ir."

"Mas por que tão rápido assim?" Eu fazia um esforço tremendo para não parecer ridículo, tentando suavizar meu aspecto decadente de bicha-velha-descabelada-com-ressaca, cerrando os olhos de maneira a disfarçar a dor de cabeça.

"Desculpa mesmo, cara. Foi mal. Eu esqueci que tinha marcado de almoçar com um cliente. Era ele me ligando. Sabe como é né?! É um daqueles caras que inventam reunião de trabalho num sábado a tarde só para dá uma escapadinha. É cliente antigo. Não posso deixá-lo na mão."

"Eu entendo. E quanto eu te devo?"

"Não precisa pagar. Não hoje. Não fizemos nada. Da próxima vez. Desculpa pelo meu vacilo. Tava cansadão ontem."

"Se é assim...", ainda que disposto a pagar decidi não insistir na proposta, contrariando uma generosidade primitiva que nunca deixava de sentir por esses garotos.

"Eu sei que a gente vai se ver de novo." Piscou um dos olhos e sorriu. "Deixei meu número anotado no bloquinho ao lado do telefone. Me liga. A gente combina uma próxima vez."

Kaio merecia alguma consideração. Qualquer outro boy teria me levado umas notas de cem só pelo fato de ter dormido na minha casa. Antes de ir embora ele ainda veio até mim, me deu um beijo na testa e finalizou dizendo "Se cuida, hein? E me liga. Valeu!".

Taciturno, com as mãos apertando vigorosamente o colchão, ouvi os passos de Kaio no corredor afastando-se, a

Ninguém me ensinou a morrer

chave girando na fechadura, a porta da sala se abrindo e fechando. Desabei na cama, mas não consegui voltar a dormir. A primeira atitude ao me levantar foi caminhar até a sala e verificar o bloco de anotações ao lado do telefone. Kaio não mentiu. Seu nome e número estavam lá, registrados numa escrita irregular.

Engoli um comprimido de neosaldina e fiz café. Lá estava eu novamente entregue à solidão. A maldita solidão. No dia seguinte eu comemoraria meu aniversário. A chegada da velhice anunciando o fim de uma era, o fim de novas estratégias em busca de uma felicidade plena. Tirei a cueca, peguei a toalha e antes de entrar no banheiro, parei em frente ao espelho do quarto. A decadência do ser, o aumento de rugas transformando a superfície do corpo em terra seca e rachada, a pele despencando de forma irreversível. Envelhecer não era nem um pouco belo.

Conquistei sucesso na fotografia, ganhei muitos prêmios, recebi variados títulos, mas na vida eu era um trapo humano. Solitário, drogado, abandonado, sem amigos. O dinheiro de nada me servia a não ser para pagar o sexo e as drogas. Dói pensar nisso. Dói remoer o passado e tudo o que não deu certo.

Trago em meus passos a mesma terra dos mortos que meu pai trazia presa junto às solas de suas botas de couro, toda vez que chegava em casa, num fim de tarde, exausto, procurando ansiosamente por sua garrafa de cachaça dentro do armário da cozinha. Naquela época a cachaça era a sua morfina. Quantos defuntos papai sepultou? Quantas covas abriu? Quantos choros desprezou? Era seu serviço cavar buracos, enterrar mortos. Talvez eu seja o resultado

Mike Sullivan

de uma maldição que só terá fim quando eu mesmo estiver deitado, inerte, dentro de uma sepultura fria, quando muitas pás de terra forem jogadas sobre meu rosto, quando nada mais restar senão as homenagens idiotas. Quando eu mesmo poderei comemorar o meu próprio fim?

Entro no bar que fica na esquina da minha rua e peço um café. Impossível não fazer comparações com aquilo que vejo. A velha sentada na calçada mendigando cachaça. As moscas sobrevoando os restos de comida sobre as mesas. O balcão engordurado. O cheiro de cerveja misturado à fumaça dos cigarros. O copo de vidro ensebado onde o café aguado é servido. Penso imediatamente em Pietro e no seu bar distante em que eu, por muitas vezes, me recolhi para fumar maconha e dar pra ele no quarto dos fundos. Já faz três anos que não tenho notícias dele. Simplesmente sumiu. Ninguém sabe dizer o que aconteceu. Da última vez que fui até lá, encontrei o bar com as portas de aço arriadas. Tentei obter informações com vizinhos, mas entre eles parecia reinar a temida lei do silêncio. Só há pouco tempo descobri, pelos jornais, que aquela área fora tomada pelo poder opressor das milícias. Inicialmente, meus pensamentos foram invadidos pelas piores deduções a respeito do sumiço de Pietro – assassinado; expulso da área; entregue à polícia pelos novos traficantes; exterminado por um grupo de radicais que descobriram seu gosto por gays... No entanto, sem nenhuma resposta que me aliviasse as expectativas ruins, comecei a alimentar a ideia de que o destino, talvez, tenha sido misericordioso, reservando ao meu amigo um bom lugar para morrer. Ou talvez tivesse se mudado para as montanhas, obtendo direto da natureza os recursos necessários à manutenção da vida, cultivando maconha no quintal de casa e fumando nos fins de tarde, dormindo cedo, regozijando-se na tranquilidade que o mundo é capaz de oferecer a poucos privilegiados.

O telefone toca. É Joaquim. Quer conversar comigo, pergunta se posso recebê-lo. Ainda hoje, ressalta. Digo que sim, apesar da incerteza na resposta. Joaquim desliga o telefone sem esclarecer se os assuntos que serão tratados dizem respeito ao e-mail que me enviou sobre o cemitério nas Filipinas. Mas deduzo que sim. Caso contrário não se apressaria tanto em vir me ver. Ele está ciente de que pretendo parar de fotografar. No fundo tem medo que eu leve adiante essa decisão. Concluo que sua visita não tem outro objetivo senão tentar me convencer do contrário.

Uma hora mais tarde, Joaquim toca a campainha. Peço que entre, sirvo café para nós dois. Com mais de sessenta anos, meu amigo conserva em si o mesmo espírito empreendedor e paternal. Nos minutos iniciais de nossa conversa quer saber como eu tenho passado nos últimos dias. Demonstra preocupação com minha aparência anêmica e censura, com cautela, meu abuso de álcool, café e cigarros. Não cita as outras drogas, apesar de isso nunca ter sido segredo entre nós. Cabisbaixo, não digo nada. Não consigo

Mike Sullivan

me irritar com Joaquim. Sei que suas intenções são sempre as melhores possíveis.

Diante do meu silêncio, Joaquim, usando-se de tática persuasiva (valorizar o meu trabalho e a minha enorme contribuição à cultura), diz que uma grande editora fez uma irrecusável proposta. Querem relançar a obra completa de Roberto Bolaño. Apostando alto nessas edições especiais de capa dura e bilíngue querem estampar em todos os livros algumas das minhas fotos. Não só na capa, mas também no miolo. Joaquim tira da pasta umas folhas e as espalha sobre a mesa de centro. Eram as fotos solicitadas pela editora. Não vejo problema algum, digo sem muito entusiasmo, o que o irrita um pouco, percebo. Eu nunca correspondia às suas expectativas no momento de expressar alegria por uma boa proposta. Mas confiava em Joaquim. Ele nunca errava. Nesse caso, o acordo era maravilhoso, pois a editora se propunha a pagar considerável soma pelo uso exclusivo das fotografias nos próximos cinco anos. As fotos escolhidas não estavam sob domínio de nenhum museu, bem como estavam fora do catálogo dos livros que publiquei.

"Onde eu tenho que assinar?", digo depois de acender um cigarro, tentando pôr no rosto uma expressão que transmitisse satisfação.

"É só isso que tem a dizer?"

Apresso em me levantar. Vou até a cozinha, trago o recipiente de vidro da cafeteira e encho a caneca dele até a borda. Por um momento Joaquim guarda silêncio enquanto se ocupa com o café. Percebo que está chateado. Creio que seu aborrecimento não tem relação com meu desânimo perante a proposta da editora, mas sim por saber que não pode mais evitar uma conversa que vem adiando há meses.

"Recebeu meu e-mail?", pergunta Joaquim. Seus olhos perdendo-se atrás da espessa cortina de fumaça.

"Sim", digo fingindo desinteresse. A conversa é difícil para ambos.

"Leu ao menos?"

"Li. E pesquisei alguns artigos na internet também." Evito sorrir.

Joaquim respira exasperado. Seus olhos não se desviam dos meus.

"Eu pensei muito antes de decidir te enviar aquele e-mail", ele me diz hesitante. "Ainda persiste naquela ideia de parar de fotografar?"

"Já lhe expliquei mil vezes isso, Joaquim", disse sem querer parecer grosseiro. Só não tinha mais paciência para reter-me novamente nesse assunto.

"Eu sei que conversamos horas sobre isso, mas custa-me acreditar que pretende dar fim a uma carreira brilhante."

"Foram anos dedicados à fotografia, Joaquim. A inspiração que eu pensava ser inesgotável no começo do sucesso mostrou-se finita. As fotografias pedem que eu pare. Passei minha vida toda em cemitérios. Estou ficando velho, daqui a pouco terei que voltar pra um, em definitivo, preciso de um tempo de descanso."

"Acho tudo uma grande bobagem. Desculpe-me por tamanha sinceridade, mas é o que eu penso. Pode ser uma fase ruim. Logo, logo isso passa. Acontece com todo grande artista: escritores, compositores, músicos, pintores. Há momentos de baixa criatividade e outros muito intensos. Precisa apenas esperar essa maré baixa passar."

"Pode ser."

"E o que pretende fazer daqui pra frente?"

"Não sei. Sinceramente, não sei. Tenho umas economias guardadas. Não necessito de muito luxo para viver. Posso seguir ganhando alguns trocados com exposições, venda de livros, direitos autorais, contratos como esse que você me trouxe. Dá-se um jeito."

"Não creio que vá conseguir continuar levando a vida sem a fotografia."

"Quem sabe eu não desperte para outra arte?!"

"Então já está pensando em algo?"

"Não. Mente vazia."

"Esse é meu medo, Miguel."

"Do quê?"

"Você sozinho, enclausurado nesse apartamento, usando essas porcarias."

"Não tenho mais ninguém no mundo, Joaquim. E é assim que tem que ser. Não é culpa minha estar sozinho a essa altura da vida."

"E eu não conto?"

"Claro que sim, mas não pretendo ser um estorvo. Você tem sua mulher, seus filhos. É deles que tem de cuidar."

"E seu irmão, nunca o procurou?"

"Não."

"Há quantos anos não o vê?"

"Quase trinta. A última vez que o vi foi um dia depois do enterro de mamãe."

"Você ainda mantém aquela conta no banco?"

"Sim."

"Por que não aproveita esse dinheiro e vai viajar, se divertir, Miguel?"

"Não posso, Joaquim. Prometi a mim mesmo que guardaria mensalmente uma quantia para garantir o futuro do meu sobrinho. Essa talvez seja a única promessa que consiga cumprir durante toda a minha vida. Tenho esperança de que um dia ele tenha vontade de conhecer o tio fotógrafo. Não teve um momento sequer durante todos esses anos em que não pensei nele. Este dinheiro é dele."

"E se ele não aparecer? Afinal você nunca teve notícias."

"Se ele não aparecer... Bom, se ele não aparecer nunca, você pode ficar com esse dinheiro." Meu sorriso forçado quer dar conta de esconder os olhos marejados. Acendo um cigarro, coço os olhos disfarçando a nostalgia, e mudo de assunto. "Onde foi que ouviu falar sobre aquele cemitério?"

"Meu filho foi quem me mostrou o artigo numa revista. Na hora pensei em você quando pus os olhos naquelas fotografias. O que achou?"

"Gostei muito. E continuo achando que esse cemitério nas Filipinas é o mais adequado para encerrar minha carreira."

"É triste quando diz isso."

"Sobre o fim?"

"É."

"Mas tem outra maneira de dizer? Estou bem, Joaquim. Acredite em mim."

"Vou tentar. Mas me promete uma coisa? Enquanto estivermos discutindo as metas para a conclusão desse projeto, finja ao menos que o 'Vale do Medo' é somente um novo trabalho fotográfico e não necessariamente o último."

Mike Sullivan

"Se for pra te deixar mais confortável, tá feito o trato."

"Ótimo. Amanhã mesmo começo a correr atrás de guias turísticos, passagens, vistos, autorizações para acesso ao cemitério e entrevistas com o povo local. Posso enviar uma nota à imprensa?"

"Não. Ainda não. Quero eu mesmo redigir uma carta que será entregue aos jornalistas."

"Ah, já ia me esquecendo de falar. Saiu uma nota no jornal hoje a respeito daquele sujeito que você ajudou a salvar."

"O moribundo das montanhas?"

"Esse mesmo."

"Continua vivo? O que dizia a reportagem?"

"Está internado na Santa Casa. Médicos e pesquisadores ainda divergem sobre o mal que assola o pobre homem. Permanece conectado a um aparelho que o faz respirar, mas é como se estivesse morto. Não há qualquer reação."

"Que pena. Será que pode receber visitas?"

"Está pensando em ir até lá?"

"Quem sabe."

Joaquim bebe mais uma caneca de café e fuma outro cigarro. Reforça que entrará em contato com a editora para tratar dos trâmites legais referentes à concessão de uso das fotos. Avisará assim que disponibilizar uma data para assinatura do contrato. Só me resta agradecer e abraçá-lo, algo que sei perfeitamente ser do agrado dele. Joaquim sempre me perdoa quando o envolvo com meus braços, num aconchego demorado, respeitoso e sincero. Antes de se despedir, vejo em seus olhos o brilho de uma admiração que ainda o faz acreditar em mim, e, principalmente, ter fé de que o cemitério das Filipinas não represente o apocalipse.

Tão logo Joaquim se vai eu cedo à tentação. Sentado no sofá, acendo um cigarro, pego o telefone e digito no celular o número de Kaio. Ouço precisamente cinco toques antes que ele atenda.

"Oi!", diz Kaio do outro lado da linha.

"Boa noite, Kaio", digo numa cordialidade desnecessária.

"É Miguel. Lembra-se?"

"Claro. Fala aí, rapaz! Esperava a sua ligação. Estou doido pra te ver de novo."

Por alguns segundos pensei em dizer que esse joguinho de palavras não me comovia. Poderia poupá-lo da interpretação barata. Mas só digo o que serve para acalmar meu próprio e intenso desejo.

"Quero que venha aqui em casa. Agora."

"Pô, cara, hoje não vai dar. Tenho um negocinho marcado pra mais tarde. Mas amanhã à noite tô livre. Pode ser?"

"Que horas?"

"Às dez."

"Tudo bem, pode ser", respondo contrariado.

"Paga a corrida do táxi?"

"Tranquilo."

"Até amanhã, então."

"Até."

Frustrado, com o pau duro, enlouquecido de tesão só de ouvir aquela voz grave, não me resta outra alternativa a não ser bater uma punheta e esperar o dia seguinte.

Sentindo-me exausto, decido ficar em casa. Na companhia de um fantasma cujas aparições aderiram à realidade dos meus dias, fazendo-me sentir drogado todo o tempo.

Mike Sullivan

Já passa das onze horas da noite. Sentado no sofá da sala, somente a luz do abajur acesa, termino de fumar meu terceiro baseado. A garrafa de vinho quase no fim. Estou um pouco embriagado. A única lucidez que resta me faz crer que tem alguém me espiando. Tenho medo. O mesmo medo desde sempre.

Sou dominado por uma surdez que faz predominar um silêncio espantoso, um mergulho na completa vacuidade da noite solitária. Os sons lá de fora já não me alcançam. Eis que então começo a ouvir os primeiros sinais que antecedem a visão assustadora do fantasma que tem o rosto sujo de sangue. O barulho de gotas despencando do teto e se amontoando em poças no tapete da sala. Recolho os pés para cima do sofá. Sinto frio. Os olhos arregalados, tentando recobrar a sobriedade perdida para a maconha e para o vinho.

Um, dois, três passos pesados no corredor.

Fecho os olhos.

Quatro. Cinco. Seis.

Aperto ainda mais os olhos.

Sete. Oito. Nove. Dez passos.

Sob aqueles pés metafísicos, o assoalho de madeira range em forma de gemidos desafinados e agudos, lembrando-me vozes que gritam diretamente do inferno. Continuo de olhos fechados, mas percebo que tem alguém na sala. O choro baixinho de uma criança. Não consigo me mexer. A taça de vinho pendendo entre os dedos enfraquecidos. O que me aprisiona? Sou apenas eu e a distância que me separa do mundo. Meus olhos fechados. A respiração profunda da criança ecoando pela sala mal-iluminada. O vento zunindo ao pé do ouvido. Exasperado, vou abrindo

Ninguém me ensinou a morrer

devagar os olhos. E ao abri-los totalmente, deparo-me com a terrível imagem amparada no canto extremo da sala, a alguns metros do sofá onde continuo encolhido, petrificado. No rosto pálido da criança maltrapilha a abundância de lágrimas em tons violáceos a despencar dos pequenos olhos, escorrer pela face mórbida e formar uma poça de sangue aos seus pés. Um fantasma silente. O corpo miúdo sujo de terra, as mãozinhas tortas, os lábios esbranquiçados – um defunto infantil. O que ele quer de mim? Por que me persegue? Tento somar coragem ao meu debilitado espírito para, pela primeira vez, esbravejar tais indagações. E consigo. Mas ao ouvir o som de minha própria voz gritando debilmente as perguntas ineficazes, percebo que estou sozinho novamente. Nenhum resquício de sangue no chão. O barulho da cidade invadindo a sala – sirene de ambulância, fogos de artifício, latidos de cães, a porta do vizinho se chocando bruscamente, o elevador sendo acionado, a torneira da cozinha pingando, o vento entrando pela janela e arrepiando minha pele. De repente o celular vibra ao meu lado. A tela iluminada indica a chegada de nova mensagem. Me surpreendo ao pegar o telefone e ver que Kaio mandou um recado: "Tudo certo para amanhã. Bons sonhos". A alegria com a mensagem me faz esquecer por alguns minutos o medo. Completo a taça de vinho e tomo num gole só, antes de me arrastar até o quarto.

Desabei sobre a cama e apaguei em questão de segundos.

Já passa das cinco da tarde quando estaciono o carro próximo à Santa Casa de Misericórdia. O entardecer nublado apressa a chegada da noite. Venta forte. Contemplo por alguns minutos o hospital que ocupa todo o quarteirão. Uma construção antiga, rodeada por extenso jardim florido. Muitas pessoas entram e saem pelo portão que conduz à entrada principal, mas eu estou em dúvida se devo ou não ir adiante com essa ideia maluca de visitar o homem-defunto que ajudei a salvar na floresta.

Para minha sorte, avisto do outro lado da rua um bar vagabundo e sem pensar muito decido que preciso de uma bebida antes de tomar qualquer decisão. Apoio meu corpo no balcão e peço ao sujeito do outro lado que me sirva uma cachaça. Pura, faço questão de dizer.

Em pé, depois de duas doses, fumando o terceiro cigarro, eu me pego perdido olhando fixamente para a fachada do hospital em frente. Cerca de duas horas antes havia ligado para a recepção e perguntado se eu podia fazer uma visita. Identifiquei-me e disse ainda que o homem que pretendia ver era o mesmo que eu tinha ajudado a salvar quan-

Mike Sullivan

do o encontrei abandonado numa casa na floresta. A moça do outro lado da linha, com sua voz acrimoniosa, disse, a princípio, que eu estava autorizado a vê-lo. Deu a entender que me reconhecera. Só que antes que desse por encerrada a ligação, a jovem abafa o fone com a mão e eu passo a ouvir ruídos indecifráveis como se ela discutisse com alguém. E quando volta a falar comigo já não é a mesma voz. Outra mulher se apresenta com um nome estranho que não fiz questão de decorar e pede o número do meu telefone dizendo que retornará assim que despachar o caso com a freira responsável pela instituição. A voz ríspida se despede e desliga o telefone. Em meia hora, recebo um retorno do hospital. A mesma voz de antes diz que estou autorizado a visitar o doente, mas com uma condição: Irmã Fátima, a madre superiora e diretora-geral da Santa Casa de Misericórdia, quer me ver logo após encerrada a visita, que não poderá se estender por mais de dez minutos, ela frisa. Peço mais uma dose de cachaça e digo pra mim mesmo que será a última. Em seguida pago a conta, atravesso a rua e sigo em direção ao hospital.

Na recepção, me apresento e digo que havia ligado agendando uma visita. A mulher de jaleco branco, cuja voz não parece ser a de nenhuma das duas que conversaram comigo por telefone, consulta alguns dados no computador e volta a me encarar. Com expressão séria e desafiadora, ela confirma a visita e me pede para aguardar enquanto chama uma das enfermeiras de plantão para me acompanhar. Enquanto aguardo, vou até o bebedouro e bebo dois copos de água, numa tentativa de esconder qualquer possível aparência de bêbado quando tiver de me colocar frente a frente com a

Ninguém me ensinou a morrer

freira, não pela religiosidade, mas porque quero estar em condições de ouvir atentamente o que ela tem a me dizer. O nome da enfermeira é Clarice. Está gravado no cra-chá. Ela tem cabelos desgrenhados, a pele macerada, olhos vítreos. Uma mulher de quarenta e poucos anos que, pro-vavelmente, se entope de efedrina a fim de suportar a rotina na emergência. Clarice aperta minha mão e pede que eu a siga. Manca de uma das pernas, noto assim que me coloco atrás dela, a seguir seus passos. Avançamos por um corre-dor escuro e mais à frente subimos dois lances de escada. No terceiro andar embrenhamos por outro longo corredor até que, enfim, alcançamos o nosso destino.

Antes dela abrir a porta, respiro fundo e me preparo para reviver a mesma cena de meses atrás – tudo naquele casarão escondido aos pés da montanha recendia à mistura de restos de comida, sangue, urina, fezes e carne humana apodrecendo. Mas tudo está diferente quando Clarice gira a fechadura e escancara a porta.

"Você tem dez minutos, Miguel. Somente dez minutos", ela me diz assim que avanço para dentro do quarto. Clarice senta-se numa poltrona ao lado da cama. Percebo que ela não me deixará sozinho. Deve ter recebido ordens para me vigiar.

O homem-defunto encontra-se numa situação mais confortável agora. Está deitado numa cama larga, cober-to até a altura dos ombros por um lençol limpo e muito branco. Só o que se ouve dentro do quarto é o ronronar constante do aparelho mecânico que o faz respirar. Parece dormir. O ambiente recende a um fraco odor de lavanda. Chego mais perto da cama. No braço direito tem conectado

255

Mike Sullivan

um cateter que o alimenta de soro. O homem é bonito. Bem cuidado, a barba feita, o rosto não apresenta mais a aparência de um cadáver. Mas o que o diferencia de um morto? Pela sua condição atual é notório que já não vive mais. Apenas preenche um espaço. Não teria sido melhor para esse homem se eu o tivesse deixado morrer? As lágrimas molham meu rosto contra minha vontade. Clarice se põe ao meu lado.

"Está tudo bem, Miguel?"

"Terminará seus dias assim? Não tem cura?"

"Infelizmente, não."

"Mas o que ele tem, afinal?"

"Não sabemos muito bem, mas trabalhamos com a hipótese de esclerose lateral amiotrófica. Uma patologia neurológica, degenerativa e letal, caracterizada principalmente pela atrofia progressiva dos músculos do corpo, atingindo membros superiores e inferiores, fala e deglutição."

"Ele não sabe de nada do que acontece à volta?"

"Seu sistema cognitivo está preservado. Ao que parece só a visão não foi afetada. Quando está acordado, seus olhos aflitos acompanham cada movimento nosso no quarto."

"Até quando esse homem vai viver?"

"Essa pergunta não tem resposta. Pode sobreviver anos entrevado nessa cama."

"Não teria sido melhor se tivesse morrido naquele casarão?"

"Miguel, seu tempo de visita acabou. Irmã Fátima o espera na capela."

"Um minuto. Só me dê mais um minuto, por favor."

Ninguém me ensinou a morrer

"Ok. Estou esperando no corredor. Você tem mais um minuto."

Talvez eu estivesse tão ou mais morto que esse corpo sepulcro deitado inerte sobre a cama. Tenho vontade de tocar a face do doente. Ter certeza de que ainda mantém a temperatura de um ser vivo. Mas o instante se passa e meus braços permanecem junto ao corpo. Se de fato existir um Deus eu quero que Ele me perdoe por ter me intrometido no destino desse homem. É nisso que estou pensando quando ouço a voz de Clarice me pedindo para deixar o quarto. Não há mais nada a fazer ali.

A capela fica dentro do próprio hospital, numa sala no térreo, próximo da recepção. Clarice me acompanha até a entrada, se despede e diz que a partir dali terei de ir sozinho. Transponho os umbrais da porta e me deparo com um ambiente exíguo, sem janelas, banhado por fraca luminosidade proveniente de poucas lâmpadas presas nas laterais. Seis fileiras de bancos dispostos de cada lado dão a dimensão do curto corredor que será preciso percorrer. O altar é simples, de mármore, encimado por uma escultura de Nossa Senhora Aparecida. Atrás está pendurada a imagem do Cristo crucificado. Ao me aproximar do altar vejo sentada no primeiro banco uma velha senhora de cabeça baixa: hábito marrom a cobrir todo o corpo, até os pés, de véu na cabeça, segura numa das mãos a cruz que pende do escapulário a dar voltas em seu pescoço. Só posso crer que seja a diretora-geral do hospital.

Percebendo que a freira está de olhos fechados, possivelmente rezando, fico sem saber o que fazer, constrangido

Mike Sullivan

de interromper aquele momento. Sento-me na ponta do outro banco esperando que ela perceba minha presença e diga logo o que quer de mim. Quero ir embora o quanto antes. Estar confinado dentro de uma igrejinha com dois santos me perscrutando de maneira intrusa é difícil demais. A freira mexe os lábios sem que nenhum som seja pronunciado. E, para minha surpresa e espanto, ao voltar a atenção para o altar, sou açoitado pela visão assustadora da criança que me persegue há anos. Está lá, com as mesmas roupas maltrapilhas, os pés descalços, as lágrimas de sangue. Mas diferente de todas as outras vezes, ouço a voz infantil que parece ecoar só dentro da minha cabeça: "Só há paz entre os mortos; só há paz entre os mortos; só há paz entre os mortos", a criança repete, incansável. Estou a ponto de me levantar e sair correndo, quando a freira desperta e me chama com sua voz em ruínas.

"Obrigado por ter vindo, meu filho." Ela crava seus olhos tristes em mim ao dizer.

"Na verdade, eu nem sei ao certo se deveria estar aqui nesse momento. Não faz sentido." Movo minha cabeça em direção ao altar. A criança continua lá. Permaneço aturdido.

"Faz todo sentido, meu filho."

"O que quer dizer?"

"Tudo está conectado, Miguel. Você alterou drasticamente o destino de um homem ao impedi-lo de morrer, mas não tenho dúvida de que esse era o seu quinhão desde o início. Desde o tempo em que se debruçou sobre as fotografias cemiteriais."

"Conhece o meu trabalho. Sabe exatamente quem eu sou, então."

Ninguém me ensinou a morrer

"Sim. Sei sobre você e também sobre a sua fixação pela morte. E quando soube que viria, achei oportuno o momento para transmitir o recado."

"Recado? Que recado? De quem?"

"Não importa. Você venera a morte como se ela fosse uma entidade. Não se trata de um ser, mas, sim, de uma entre as milhares manifestações de Deus."

"Esse é o recado?"

"Não." Por um momento a freira hesita. Inspira profundamente. Ato contínuo derrama seus olhares sobre o altar. Por um minuto apenas achei que ela também estivesse vendo com total clareza a mesma alucinação que eu. Ocorre uma troca de olhares entre a criança e a freira. Pensei em perguntar o motivo do silêncio, mas a velha mulher volta a falar. Dessa vez, mirando meu rosto: "Sua vida não termina aqui, Miguel, por mais que você tente exterminá-la a cada dia."

"Quem é você? Uma bruxa?", pergunto incrédulo e irônico.

"Não", ela sorri fracamente. Deixa de me encarar e passa a observar o Cristo crucificado ou o que quer que ainda esteja lá. "Sou apenas alguém a serviço do Deus Altíssimo. Na minha idade não é preciso temer mais nada. Só me resta presenciar a passagem dos dias. Não tenho medo de morrer. E sabe por quê? Porque sei exatamente para aonde vou, Miguel. Pensando assim não faz diferença morrer hoje ou daqui a dez anos. Se me permite dizer uma última coisa, eu pediria para não temer mais a vida. Deus não requer sacrifícios. Ele entende o quanto é difícil viver. Deus é maior que nossos pensamentos pequenos. De agora em diante, meu filho, caminhe sem olhar para trás e sem medo de cair."

259

Mike Sullivan

Quando pensei em dizer qualquer coisa, a velha freira ergueu-se, me benzeu e foi-se embora atravessando o pequeno corredor em direção à saída, antes que eu tivesse chance de reagir. Ainda permaneci na capela, com olhares estáticos em direção ao altar, esperando que fosse novamente assombrado pela imagem da criança chorosa, mas nada de surpreendente aconteceu. A criança também não estava mais ali. Ficou apenas o vazio e o silêncio.

Mais tarde, por volta das oito da noite, já em casa, volto a telefonar para Kaio, o garoto de programa, e confirmo o encontro. Marcamos às dez. Enquanto espero as horas passarem, me sento em frente ao computador e me obrigo a escrever o comunicado à imprensa, onde afirmo minha renúncia à fotografia. Mas ao terminar o texto curto de quatro parágrafos, sou soterrado por incertezas.

Salvo o arquivo e desligo o computador.

Tomo um banho demorado.

Ao sair do banheiro, Kaio, pontualmente, aperta o interfone.

Acordei com a impressão de que, ao mudar de posição na cama, minha mão o alcançaria, mas só me deparei com as marcas deixadas por uma felicidade intensa, porém efêmera. O lençol está manchado de vinho, gel lubrificante e gozo. O ar impregnado do perfume da maconha. Os preservativos usados estão espalhados pelo chão do quarto. Minha carteira, vazia, está aberta sobre o criado-mudo. Lembro-me vagamente de que dei todas as notas para o Kaio antes dele sair. Levanto da cama, ainda nu, abro o armário e pego uma toalha limpa. Por um momento pareço ouvir um barulho na escada. Sem olhar para trás, sigo com passos firmes em direção ao banheiro. Minha vida seguindo seu rumo previsível: esperma, dinheiro e sangue.

Esta obra foi composta em Minion e
impressa em papel pólen soft 80 g/m² para
Editora Reformatório em dezembro de 2018.